Poesia, te escrevo agora

JOÃO CABRAL DE MELO NETO

Poesia, te escrevo agora

ANTOLOGIA

Seleção e apresentação
REGINA ZILBERMAN

Copyright © 2022 by herdeiros de João Cabral de Melo Neto

Grafia atualizada segundo o Acordo Ortográfico da Língua Portuguesa de 1990, que entrou em vigor no Brasil em 2009.

Capa
Joana Figueiredo

Imagem de capa
Santídio Pereira, *Sem título*, 2020, xilogravura impressa em papel Hahnemühle, 192 × 155 cm. Coleção particular.

Foto do autor (p. 2)
Acervo da família

Preparação
Lígia Azevedo

Revisão
Anabel Ly Maduar
Aminah Haman
Marina Bernard

Dados Internacionais de Catalogação na Publicação (CIP)
(Câmara Brasileira do Livro, SP, Brasil)

    Melo Neto, João Cabral de, 1920-1999
        Poesia, te escrevo agora : Antologia/ João Cabral de Melo Neto; seleção e apresentação Regina Zilberman. — 1ª ed. — Rio de Janeiro : Alfaguara, 2022.

    ISBN 978-85-5652-147-7

    1. Poesia brasileira I. Zilberman, Regina. II. Título.

22-117940   CDD-B869.1

Índice para catálogo sistemático:
1. Poesia : Literatura brasileira   B869.1

Cibele Maria Dias — Bibliotecária — CRB-8/9427

[2022]
Todos os direitos desta edição reservados à
EDITORA SCHWARCZ S.A.
Praça Floriano, 19, sala 3001 — Cinelândia
20031-050 — Rio de Janeiro — RJ
Telefone: (21) 3993-7510
www.companhiadasletras.com.br
www.blogdacompanhia.com.br
facebook.com/editora.alfaguara
instagram.com/editora_alfaguara
twitter.com/alfaguara_br

Sumário

9   Um poeta para todos os tempos *Regina Zilberman*

17   Parte I: Figuras e paisagens

    19   Os olhos

    20   Infância

    21   Dois estudos

    22   Janelas

    23   As nuvens

    24   A viagem

    25   O engenheiro

    26   A mesa

    27   O vento no canavial

    29   Paisagem pelo telefone

    31   Imitação da água

33 O ovo de galinha

36 A lição de pintura

37 Uma evocação do Recife

39 Parte II: Nordeste, seus heróis e seu destino

41 O cão sem plumas

57 O rio

92 Morte e vida severina

135 Poema(s) da cabra

143 Congresso no Polígono das Secas

153 O sertanejo falando

154 A educação pela pedra

155 Tecendo a manhã

156 Comendadores jantando

157 Auto do frade

218 O luto no Sertão

219 O circo

225 Parte III: Objetos

    227 Uma faca só lâmina

    242 Agulhas

    243 Para a Feira do Livro

    244 O futebol brasileiro evocado da Europa

    245 A escola das facas

    246 Questão de pontuação

247 Parte IV: O poeta

    249 O poema

    251 Psicologia da composição

    257 Antiode

    263 O artista inconfessável

    264 Descoberta da literatura

267 Índice de poemas

Um poeta para todos os tempos
Regina Zilberman

Em 2010, quando uma versão anterior desta antologia (intitulada *João Cabral de Melo Neto: Poemas para ler na escola*) foi lançada, o Brasil entrava na segunda década do novo milênio com as melhores expectativas, com o processo de redemocratização a todo vapor. Desde 1989, realizavam-se periodicamente eleições diretas para a presidência da República, quatro diferentes políticos tinham passado pelo cargo mais elevado da nação, um novo pleito se anunciava e o país era mundialmente reconhecido como potência emergente e confiável.

A segunda década do século deu prosseguimento a esse processo, e a democracia brasileira parecia sólida. Mas a turbulência esperava na esquina: afloravam movimentos de contestação, que culminaram na deposição da principal dirigente do país, novas eleições gerais agudizaram conflitos e uma pandemia, de efeitos devastadores, se apresentou no começo deste decênio, fenômeno que deixa marcas indeléveis na sociedade e na vida das pessoas.

Nesse novo contexto, nacional e planetário, cabe revisitar a obra de João Cabral de Melo Neto. Ele tinha tanto a dizer a nós, leitores e leitoras, iniciantes ou maduros; agora, talvez tenha ainda mais a comunicar a quem deseja prestar a atenção em sua voz — e é de tal teor que se constitui *Poesia, te escrevo agora*, uma edição ampliada da antologia originalmente lançada na coleção Para Ler na Escola.

Comecemos por lembrar o que já sabemos sobre os versos do pernambucano que nasceu em 1920 e faleceu em 1999. *Morte e vida severina*, no todo ou em parte, não deve ser um poema desconhecido por você, que já o ouviu ou leu em algum lugar. É provavelmente o caso da frase "a parte que te cabe deste latifúndio", que você pode ter empregado — ou escutado alguém empregando — para dar conta de algum tipo de divisão de tarefas, objetos, ideias.

A leitura de *Morte e vida severina*, que nasceu em 1955 como auto de Natal, foi encenado em 1966 com música de Chico Buarque de Holanda, transformou-se em filme em 1977 e, em 1981, em telefilme, pode ser a porta de entrada para a obra desse poeta. O poema, de tipo narrativo, conta a trajetória de Severino, que, partindo do sertão, dirige-se para o litoral em busca de melhor sorte. A viagem se encerra no Recife sem que o protagonista tenha topado com um lugar melhor do que aquele de onde saiu. Enquanto atravessa do sertão para a Zona da Mata, e dessa para os mocambos da capital de Pernambuco, Severino conhece as mazelas sociais do mundo que habita, bem como a existência sofrida de seus conterrâneos.

O próprio Severino deixa claro, desde a abertura do poema, que se trata de uma pessoa muito pobre e que não se diferencia de tantos outros sertanejos, semelhança indicada pelo nome compartilhado por inúmeras pessoas daquele local. E a miséria que descobre em seu caminho é igual à que deixou ao partir, à qual se soma a violência contra os que se revoltam, como a do lavrador que sonhava com a divisão igualitária da terra onde estavam plantados os canaviais. Apenas os trabalhadores da morte — como rezadoras e coveiros — têm serviço, emprego e remuneração, seja no campo ou na cidade. Por isso, ao alcançar Recife, Severino se desespera e até pensa em se suicidar atirando-se nas águas do rio, mas é impedido pelo mestre carpina, cujo filho acaba de nascer, representando a vida e a esperança.

É nessa medida que *Morte e vida severina* é um auto de Natal, já que festeja, à sua maneira, o nascimento de Jesus de Nazaré, também ele filho de um carpinteiro e promessa de vida renovada. Só que João Cabral de Melo Neto insere esse Cristo no mundo nordestino, colocando-o ao lado dos pobres e humildes, carentes de propriedades, trabalho e poder político, pessoas que correspondem a boa parte da população nordestina e, por extensão, da brasileira.

A presença do cenário e do homem do Nordeste em João Cabral de Melo Neto não se restringe a *Morte e vida severina*, aparecendo em obras anteriores e posteriores. Graças à ação desse escritor, o universo nordestino, apresentado de modo despojado e crítico, pôde ser incorporado à poesia brasileira, sem perda da inventividade própria à linguagem em versos.

O cão sem plumas, que antecede cronologicamente a *Morte e vida severina*, também é uma obra de cunho social e um poema narrativo. A personagem principal agora não é um ser humano, mas o rio, representado de modo simbólico, seja por meio da imagem do "cão sem plumas", animal desprovido de tudo, seja por meio da forma gráfica, já que os versos estão dispostos de modo longitudinal, imitando o fluir das águas. Mas o poeta também quer falar do homem que vive junto do rio, misturando-se à lama que esse forma. Os dois — o homem e o rio — mesclam-se e compõem uma unidade, fruto da fusão da terra e da água, que, um dia, pode explodir em revolta.

A *O cão sem plumas*, de 1950, sucede-se em 1954 outro poema narrativo, *O rio*, igualmente protagonizado pelo Capibaribe. Também nessa obra o rio atravessa verticalmente a página impressa, assim como corta a paisagem de Pernambuco. Antecipando a trajetória de Severino, *O rio*, exposto em primeira pessoa, acompanha a viagem das águas desde suas cabeceiras até Recife, percurso que permite ao poeta dar conta dos problemas sociais e econômicos da região.

Nesse sentido, *O cão sem plumas*, *O rio* e *Morte e vida severina* constituem um conjunto que retrata o mundo nordestino desde o prisma das desigualdades econômicas e sociais. Severino representa o tipo humano que habita aquele espaço, mas não se diferencia substancialmente do rio que lhe serve de guia e, de certo modo, de espelho. Também é o homem da terra e do sertão, como se verifica em poemas que tratam do sertanejo, como "O sertanejo falando" e "A educação pela pedra".

A visão do Nordeste que João Cabral de Melo Neto deseja esboçar em seus versos não depende apenas do indivíduo e da geografia, marcada pela resistência e pela rebeldia. Está fundada também na história, como exemplifica o *Auto do frade*, poema que, como *Morte e vida severina*, foi produzido para ser encenado no palco.

Nessa obra de 1984, o protagonista é uma figura histórica, o Frei Caneca, como ficou conhecido Joaquim da Silva Rabelo, o pernambucano que, em 1817, revoltou-se contra os colonizadores portugueses e que, em 1824, sonhou com a Confederação do Equador, designação do movimento separatista que transformaria o Nordeste, sob a liderança de Pernambuco, em região autônoma. O movimento frustrou-se, mas Frei Caneca nunca perdeu a condição de herói para o imaginário nordestino e brasileiro. É o que João Cabral homenageia em seu *Auto do frade*, explicando, por via indireta, por que acredita na resistência do sertanejo e na sua capacidade de modificar as situações adversas com que depara.

Pode-se perceber em que medida predomina, na obra de João Cabral, a poesia de orientação social, caracterizada pela valorização de um cenário — o sertão nordestino, o rio Capibaribe, as franjas urbanas da cidade do Recife — e um indivíduo, o sertanejo, que extrai da natureza sua lição de vida, a "educação pela pedra". Esses são seus heróis, a que se contrapõem os poderosos, apresentados como exploradores e vis, como retratam os versos de *O cão sem plumas* ou de "Comendadores jantando". São esses heróis, protagonizando poemas de tendência social, que poderão mudar o mundo, desde que, como os galos de "Tecendo a manhã", fabriquem um mundo novo, solidário e luminoso.

Contudo, não é apenas a poesia social que explica a arte de João Cabral de Melo Neto. Ele é autor de notáveis poemas líricos, em que louva a mulher amada, como "Paisagem pelo telefone" e "Imitação da água". É também o cultor da observação direta, desprovida de qualquer intermediário, sejam outros pontos de vista, sejam classes gramaticais qualificativas, como adjetivos e advérbios, conforme sugerem as estrofes de "A mesa", "O vento no canavial" e principalmente "O ovo de galinha".

Por isso, seguidamente, ele é associado ao "engenheiro", que dá título a um de seus livros, o homem que "sonha coisas claras", o observador dos objetos que cercam nosso cotidiano, como agulhas, livros ou facas. Mas isso não quer dizer que ele não saiba se divertir, atitude descontraída que os versos de "O futebol brasileiro evocado da Europa" ou "Questão de pontuação" mostram.

Um autor com dose elevada de consciência social, a qual transforma em linguagem artística que tanto emociona e leva a refletir sobre nossa condição de brasileiros, João Cabral nunca deixou de discutir em versos a natureza da poesia. Desde seus primeiros livros, ele manifestou em poemas, que podemos considerar metalinguísticos, o que significa escrever e o que se pode esperar de um escritor.

Assim, em textos como "O poema", "Psicologia da composição" ou "Antiode", deparamo-nos com sua concepção materialista de literatura, concretizada em papel e tinta, produzidos pela natureza e transformados pelo fazer humano. Focado no mundo exterior e sobretudo na sociedade, João Cabral recusa o derramamento sentimental, a poesia da "flor", para se apresentar enquanto sujeito lúcido e trabalhador da palavra.

Nada mais coerente e mais merecedor de nossa admiração, hoje e sempre.

Parte I
Figuras e paisagens

Os olhos

Todos os olhos olharam:
o fantasma no alto da escada,
os pesadelos, o guerreiro morto,
a girl a forca o amor.
Juntos os peitos bateram
e os olhos todos fugiram.

(Os olhos ainda estão muito lúcidos.)

Infância

Sobre o lado ímpar da memória
o anjo da guarda esqueceu
perguntas que não se respondem.

Seriam hélices
aviões locomotivas
timidamente precocidade
balões-cativos si-bemol?

Mas meus dez anos indiferentes
rodaram mais uma vez
nos mesmos intermináveis carrosséis.

Dois estudos

1

Tu és a antecipação
do último filme que assistirei.
Fazes calar os astros,
os rádios e as multidões na praça pública.
Eu te assisto imóvel e indiferente.
A cada momento tu te voltas
e lanças no meu encalço
máquinas monstruosas que envenenam reservatórios
sobre os quais ganhaste um domínio de morte.
Trazes encerradas entre os dedos
reservas formidáveis de dinamite
e de fatos diversos.

2

Tu não representas as 24 horas de um dia,
os fatos diversos,
o livro e o jornal
que leio neste momento.
Tu os completas e os transcendes.
Tu és completamente revolucionária e criminosa,
porque sob teu manto
e sob os pássaros de teu chapéu
desconheço a minha rua,
o meu amigo e o meu cavalo de sela.

Janelas

Há um homem sonhando
numa praia; um outro
que nunca sabe as datas;
há um homem fugindo
de uma árvore; outro que perdeu
seu barco ou seu chapéu;
há um homem que é soldado;
outro que faz de avião;
outro que vai esquecendo
sua hora seu mistério
seu medo da palavra véu;
e em forma de navio
há ainda um que adormeceu.

As nuvens

As nuvens são cabelos
crescendo como rios;
são os gestos brancos
da cantora muda;

são estátuas em voo
à beira de um mar;
a flora e a fauna leves
de países de vento;

são o olho pintado
escorrendo imóvel;
a mulher que se debruça
nas varandas do sono;

são a morte (a espera da)
atrás dos olhos fechados;
a medicina, branca!
nossos dias brancos.

A viagem

Quem é alguém que caminha
toda a manhã com tristeza
dentro de minhas roupas, perdido
além do sonho e da rua?

Das roupas que vão crescendo
como se levassem nos bolsos
doces geografias, pensamentos
de além do sonho e da rua?

Alguém a cada momento
vem morrer no longe horizonte
de meu quarto, onde esse alguém
é vento, barco, continente.

Alguém me diz toda a noite
coisas em voz que não ouço.
Falemos na viagem, eu lembro.
Alguém me fala na viagem.

O engenheiro

A Antônio B. Baltar

A luz, o sol, o ar livre
envolvem o sonho do engenheiro.
O engenheiro sonha coisas claras:
superfícies, tênis, um copo de água.

O lápis, o esquadro, o papel;
o desenho, o projeto, o número:
o engenheiro pensa o mundo justo,
mundo que nenhum véu encobre.

(Em certas tardes nós subíamos
ao edifício. A cidade diária,
como um jornal que todos liam,
ganhava um pulmão de cimento e vidro.)

A água, o vento, a claridade,
de um lado o rio, no alto as nuvens,
situavam na natureza o edifício
crescendo de suas forças simples.

A mesa

O jornal dobrado
sobre a mesa simples;
a toalha limpa,
a louça branca

e fresca como o pão.

A laranja verde:
tua paisagem sempre,
teu ar livre, sol
de tuas praias; clara

e fresca como o pão.

A faca que aparou
teu lápis gasto;
teu primeiro livro
cuja capa é branca

e fresca como o pão.

E o verso nascido
de tua manhã viva,
de teu sonho extinto,
ainda leve, quente

e fresco como o pão.

O vento no canavial

Não se vê no canavial
nenhuma planta com nome,
nenhuma planta maria,
planta com nome de homem.

É anônimo o canavial,
sem feições, como a campina;
é como um mar sem navios,
papel em branco de escrita.

É como um grande lençol
sem dobras e sem bainha;
penugem de moça ao sol,
roupa lavada estendida.

Contudo há no canavial
oculta fisionomia:
como em pulso de relógio
há possível melodia,

ou como de um avião
a paisagem se organiza,
ou há finos desenhos nas
pedras da praça vazia.

Se venta no canavial
estendido sob o sol
seu tecido inanimado
faz-se sensível lençol,

se muda em bandeira viva,
de cor verde sobre verde,
com estrelas verdes que
no verde nascem, se perdem.

Não lembra o canavial,
então, as praças vazias:
não tem, como têm as pedras,
disciplina de milícias.

É solta sua simetria:
como a das ondas na areia
ou as ondas da multidão
lutando na praça cheia.

Então, é da praça cheia
que o canavial é a imagem:
veem-se as mesmas correntes
que se fazem e desfazem,

voragens que se desatam,
redemoinhos iguais,
estrelas iguais àquelas
que o povo na praça faz.

Paisagem pelo telefone

Sempre que no telefone
me falavas, eu diria
que falavas de uma sala
toda de luz invadida,

sala que pelas janelas,
duzentas, se oferecia
a alguma manhã de praia,
mais manhã porque marinha,

a alguma manhã de praia
no prumo do meio-dia,
meio-dia mineral
de uma praia nordestina,

Nordeste de Pernambuco,
onde as manhãs são mais limpas,
Pernambuco do Recife,
de Piedade, de Olinda,

sempre povoado de velas,
brancas, ao sol estendidas,
de jangadas, que são velas
mais brancas porque salinas,

que, como muros caiados
possuem luz intestina,
pois não é o sol quem as veste
e tampouco as ilumina,

mais bem, somente as desveste
de toda sombra ou neblina,
deixando que livres brilhem
os cristais que dentro tinham.

Pois, assim, no telefone
tua voz me parecia
como se de tal manhã
estivesses envolvida,

fresca e clara, como se
telefonasses despida,
ou, se vestida, somente
de roupa de banho, mínima,

e que por mínima, pouco
de tua luz própria tira,
e até mais, quando falavas
no telefone, eu diria

que estavas de todo nua,
só de teu banho vestida,
que é quando tu estás mais clara,
pois a água nada embacia,

sim, como o sol sobre a cal
seis estrofes mais acima,
a água clara não te acende:
libera a luz que já tinhas.

Imitação da água

De flanco sobre o lençol,
paisagem já tão marinha,
a uma onda deitada,
na praia, te parecias.

Uma onda que parava,
ou melhor: que se continha;
que contivesse um momento
seu rumor de folhas líquidas.

Uma onda que parava
naquela hora precisa
em que a pálpebra da onda
cai sobre a própria pupila.

Uma onda que parara
ao dobrar-se, interrompida,
que imóvel se interrompesse
no alto de sua crista

e se fizesse montanha
(por horizontal e fixa),
mas que ao se fazer montanha
continuasse água ainda.

Uma onda que guardasse
na praia cama, finita,
a natureza sem fim
do mar de que participa,

e em sua imobilidade,
que precária se adivinha,
o dom de se derramar
que as águas faz femininas

mais o clima de águas fundas,
a intimidade sombria
e certo abraçar completo
que dos líquidos copias.

O ovo de galinha

§

Ao olho mostra a integridade
de uma coisa num bloco, um ovo.
Numa só matéria, unitária,
maciçamente ovo, num todo.

Sem possuir um dentro e um fora,
tal como as pedras, sem miolo:
é só miolo: o dentro e o fora
integralmente no contorno.

No entanto, se ao olho se mostra
unânime em si mesmo, um ovo,
a mão que o sopesa descobre
que nele há algo suspeitoso:

que seu peso não é o das pedras,
inanimado, frio, goro;
que o seu é um peso morno, túmido,
um peso que é vivo e não morto.

§

O ovo revela o acabamento
a toda mão que o acaricia
daquelas coisas torneadas
num trabalho de toda a vida.

E que se encontra também noutras
que entretanto mão não fabrica:
nos corais, nos seixos rolados
e em tantas coisas esculpidas,

cujas formas simples são obra
de mil inacabáveis lixas
usadas por mãos escultoras
escondidas na água, na brisa.

No entretanto, o ovo, e apesar
de pura forma concluída,
não se situa no final:
está no ponto de partida.

§

A presença de qualquer ovo,
até se a mão não lhe faz nada,
possui o dom de provocar
certa reserva em qualquer sala.

O que é difícil de entender
se se pensa na forma clara
que tem um ovo, e na franqueza
de sua parede caiada.

A reserva que um ovo inspira
é de espécie bastante rara:
é a que se sente ante um revólver
e não se sente ante uma bala.

É a que se sente ante essas coisas
que conservando outras guardadas
ameaçam mais com disparar
do que com a coisa que disparam.

§

Na manipulação de um ovo
um ritual sempre se observa:
há um jeito recolhido e meio
religioso em quem o leva.

Se pode pretender que o jeito
de quem qualquer ovo carrega
vem da atenção normal de quem
conduz uma coisa repleta.

O ovo porém está fechado
em sua arquitetura hermética
e quem o carrega, sabendo-o,
prossegue na atitude regra:

procede ainda da maneira
entre medrosa e circunspecta,
quase beata, de quem tem
nas mãos a chama de uma vela.

A lição de pintura

Quadro nenhum está acabado,
disse certo pintor;
se pode sem fim continuá-lo,
primeiro, ao além de outro quadro

que, feito a partir de tal forma,
tem na tela, oculta, uma porta
que dá a um corredor
que leva a outra e a muitas outras.

Uma evocação do Recife

O Recife até os anos quarenta
era como os dedos da aranha

que iam cada dia mais longe;
os dedos: as linhas de bonde.

Ninguém falava de seu bairro,
mas desses dedos espalmados

que as linhas de bonde varavam
e a seu lado cristalizavam.

Mora-se na linha do Monteiro,
passado já o Caldeireiro,

depois porém da própria praça
do Monteiro, na Porta d'Água,

mas um pouco antes de Apipucos,
do açude que dá nome ao cujo.

O Recife de então se espalha
aonde o levavam suas garras,

se esgueirando entre as línguas secas
que a maré entre os dedos deixa:

mas que deixa até onde deixa:
ao onde que, ausente das letras,

está presente como mangues
de olhos de água cega, estanques,

que em pesadelo estão presentes
no sono de todo recifense.

Parte II
Nordeste, seus heróis e seu destino

O cão sem plumas

A Joaquim Cardozo, poeta do Capibaribe

I

(*Paisagem do Capibaribe*)

§ A cidade é passada pelo rio
como uma rua
é passada por um cachorro;
uma fruta
por uma espada.

§ O rio ora lembrava
a língua mansa de um cão,
ora o ventre triste de um cão,
ora o outro rio
de aquoso pano sujo
dos olhos de um cão.

§ Aquele rio
era como um cão sem plumas.
Nada sabia da chuva azul,
da fonte cor-de-rosa,
da água do copo de água,
da água de cântaro,
dos peixes de água,
da brisa na água.

§ Sabia dos caranguejos
de lodo e ferrugem.
Sabia da lama

como de uma mucosa.
   Devia saber dos polvos.
   Sabia seguramente
   da mulher febril que habita as ostras.

§ Aquele rio
   jamais se abre aos peixes,
   ao brilho,
   à inquietação de faca
   que há nos peixes.
   Jamais se abre em peixes.

§ Abre-se em flores
   pobres e negras
   como negros.
   Abre-se numa flora
   suja e mais mendiga
   como são os mendigos negros.
   Abre-se em mangues
   de folhas duras e crespos
   como um negro.

§ Liso como o ventre
   de uma cadela fecunda,
   o rio cresce
   sem nunca explodir.
   Tem, o rio,
   um parto fluente e invertebrado
   como o de uma cadela.

§ E jamais o vi ferver

(como ferve
o pão que fermenta).
Em silêncio,
o rio carrega sua fecundidade pobre,
grávido de terra negra.

§ Em silêncio se dá:
em capas de terra negra.
em botinas ou luvas de terra negra,
para o pé ou a mão
que mergulha.

§ Como às vezes
passa com os cães,
parecia o rio estagnar-se.
Suas águas fluíam então
mais densas e mornas;
fluíam com as ondas
densas e mornas
de uma cobra.

§ Ele tinha algo, então,
da estagnação de um louco.
Algo da estagnação
do hospital, da penitenciária, dos asilos,
da vida suja e abafada
(de roupa suja e abafada)
por onde se veio arrastando.

§ Algo da estagnação
dos palácios cariados,
comidos

de mofo e erva-de-passarinho.
Algo da estagnação
das árvores obesas
pingando os mil açúcares
das salas de jantar pernambucanas,
por onde se veio arrastando.

§ (É nelas,
mas de costas para o rio,
que "as grandes famílias espirituais" da cidade
chocam os ovos gordos
de sua prosa.
Na paz redonda das cozinhas,
ei-las a revolver viciosamente
seus caldeirões
de preguiça viscosa.)

§ Seria a água daquele rio
fruta de alguma árvore?
Por que parecia aquela
uma água madura?
Por que sobre ela, sempre,
como que iam pousar moscas?

§ Aquele rio
saltou alegre em alguma parte?
Foi canção ou fonte
em alguma parte?
Por que então seus olhos
vinham pintados de azul
nos mapas?

II

                        (Paisagem do Capibaribe)

§ Entre a paisagem
o rio fluía
como uma espada de líquido espesso.
Como um cão
humilde e espesso.

§ Entre a paisagem
(fluía)
de homens plantados na lama;
de casas de lama
plantadas em ilhas
coaguladas na lama;
paisagem de anfíbios
de lama e lama.

§ Como o rio
aqueles homens
são como cães sem plumas
(um cão sem plumas
é mais
que um cão saqueado;
é mais
que um cão assassinado.

§ Um cão sem plumas
é quando uma árvore sem voz.
É quando de um pássaro
suas raízes no ar.
É quando a alguma coisa

roem tão fundo
até o que não tem).

§ O rio sabia
daqueles homens sem plumas.
Sabia
de suas barbas expostas,
de seu doloroso cabelo
de camarão e estopa.

§ Ele sabia também
dos grandes galpões da beira dos cais
(onde tudo
é uma imensa porta
sem portas)
escancarados
aos horizontes que cheiram a gasolina.

§ E sabia
da magra cidade de rolha,
onde homens ossudos,
onde pontes, sobrados ossudos
(vão todos
vestidos de brim)
secam
até sua mais funda caliça.

§ Mas ele conhecia melhor
os homens sem pluma.
Estes
secam
ainda mais além

    de sua caliça extrema;
    ainda mais além
    de sua palha;
    mais além
    da palha de seu chapéu;
    mais além
    até
    da camisa que não têm;
    muito mais além do nome
    mesmo escrito na folha
    do papel mais seco.

§ Porque é na água do rio
    que eles se perdem
    (lentamente
    e sem dente).
    Ali se perdem
    (como uma agulha não se perde).
    Ali se perdem
    (como um relógio não se quebra).

§ Ali se perdem
    como um espelho não se quebra.
    Ali se perdem
    como se perde a água derramada:
    sem o dente seco
    com que de repente
    num homem se rompe
    o fio de homem.

§ Na água do rio,
    lentamente,

se vão perdendo
em lama; numa lama
que pouco a pouco
também não pode falar:
que pouco a pouco
ganha os gestos defuntos
da lama;
o sangue de goma,
o olho paralítico
da lama.

§ Na paisagem do rio
difícil é saber
onde começa o rio;
onde a lama
começa do rio;
onde a terra
começa da lama;
onde o homem,
onde a pele
começa da lama;
onde começa o homem
naquele homem.

§ Difícil é saber
se aquele homem
já não está
mais aquém do homem;
mais aquém do homem
ao menos capaz de roer
os ossos do ofício;

capaz de sangrar
na praça;
capaz de gritar
se a moenda lhe mastiga o braço;
capaz
de ter a vida mastigada
e não apenas
dissolvida
(naquela água macia
que amolece seus ossos
como amoleceu as pedras).

III

(Fábula do Capibaribe)

§ A cidade é fecundada
por aquela espada
que se derrama,
por aquela
úmida gengiva de espada.

§ No extremo do rio
o mar se estendia,
como camisa ou lençol,
sobre seus esqueletos
de areia lavada.

§ (Como o rio era um cachorro,
o mar podia ser uma bandeira
azul e branca
desdobrada
no extremo do curso
— ou do mastro — do rio.

§ Uma bandeira
que tivesse dentes:
que o mar está sempre
com seus dentes e seu sabão
roendo suas praias.

§ Uma bandeira
que tivesse dentes:
como um poeta puro
polindo esqueletos,
como um roedor puro,
um polícia puro
elaborando esqueletos,
o mar,
com afã,
está sempre outra vez lavando
seu puro esqueleto de areia.

§ O mar e seu incenso,
o mar e seus ácidos,
o mar e a boca de seus ácidos,
o mar e seu estômago
que come e se come,
o mar e sua carne
vidrada, de estátua,
seu silêncio, alcançado
à custa de sempre dizer
a mesma coisa,
o mar e seu tão puro
professor de geometria.)

§   O rio teme aquele mar
como um cachorro
teme uma porta entretanto aberta,
como um mendigo,
a igreja aparentemente aberta.

§   Primeiro,
o mar devolve o rio.
Fecha o mar ao rio
seus brancos lençóis.
O mar se fecha
a tudo o que no rio
são flores de terra,
imagem de cão ou mendigo.

§   Depois,
o mar invade o rio.
Quer
o mar
destruir no rio
suas flores de terra inchada,
tudo o que nessa terra
pode crescer e explodir,
como uma ilha,
uma fruta.

§   Mas antes de ir ao mar
o rio se detém
em mangues de água parada.
Junta-se o rio
a outros rios

numa laguna, em pântanos
onde, fria, a vida ferve.

§ Junta-se o rio
a outros rios.
Juntos,
todos os rios
preparam sua luta
de água parada,
sua luta
de fruta parada.

§ (Como o rio era um cachorro,
como o mar era uma bandeira,
aqueles mangues
são uma enorme fruta:

§ A mesma máquina
paciente e útil
de uma fruta;
a mesma força
invencível e anônima
de uma fruta
— trabalhando ainda seu açúcar
depois de cortada —.

§ Como gota a gota
até o açúcar,
gota a gota
até as coroas de terra;
como gota a gota

até uma nova planta,
gota a gota
até as ilhas súbitas
aflorando alegres.)

IV

(Discurso do Capibaribe)

§ Aquele rio
está na memória
como um cão vivo
dentro de uma sala.
Como um cão vivo
dentro de um bolso.
Como um cão vivo
debaixo dos lençóis,
debaixo da camisa,
da pele.

§ Um cão, porque vive,
é agudo.
O que vive
não entorpece.
O que vive fere.
O homem,
porque vive,
choca com o que vive.
Viver
é ir entre o que vive.

§ O que vive
incomoda de vida

o silêncio, o sono, o corpo
que sonhou cortar-se
roupas de nuvens.
O que vive choca,
tem dentes, arestas, é espesso.
O que vive é espesso
como um cão, um homem,
como aquele rio.

§ Como todo o real
é espesso.
Aquele rio
é espesso e real.
Como uma maçã
é espessa.
Como um cachorro
é mais espesso do que uma maçã.
Como é mais espesso
o sangue do cachorro
do que o próprio cachorro.
Como é mais espesso
um homem
do que o sangue de um cachorro.
Como é muito mais espesso
o sangue de um homem
do que o sonho de um homem.

§ Espesso
como uma maçã é espessa.
Como uma maçã
é muito mais espessa

se um homem a come
do que se um homem a vê.
Como é ainda mais espessa
se a fome a come.
Como é ainda muito mais espessa
se não a pode comer
a fome que a vê.

§ Aquele rio
é espesso
como o real mais espesso.
Espesso
por sua paisagem espessa,
onde a fome
estende seus batalhões de secretas
e íntimas formigas.

§ E espesso
por sua fábula espessa;
pelo fluir
de suas geleias de terra;
ao parir
suas ilhas negras de terra.

§ Porque é muito mais espessa
a vida que se desdobra
em mais vida,
como uma fruta
é mais espessa
que sua flor;
como a árvore

é mais espessa
que sua semente;
como a flor
é mais espessa
que sua árvore,
etc. etc.

§ Espesso,
porque é mais espessa
a vida que se luta
cada dia,
o dia que se adquire
cada dia
(como uma ave
que vai cada segundo
conquistando seu voo).

O rio

*ou Relação da viagem que faz o Capibaribe
de sua nascente à cidade do Recife*

> *"Quiero que compongamos io e tú una prosa."*
> Berceo

Da lagoa da Estaca a Apolinário

Sempre pensara em ir
caminho do mar.
Para os bichos e rios
nascer já é caminhar.
Eu não sei o que os rios
têm de homem do mar;
sei que se sente o mesmo
e exigente chamar.
Eu já nasci descendo
a serra que se diz do Jacarará,
entre caraibeiras
de que só sei por ouvir contar
(pois, também como gente,
não consigo me lembrar
dessas primeiras léguas
de meu caminhar).

Desde tudo que lembro,
lembro-me bem de que baixava
entre terras de sede
que das margens me vigiavam.
Rio menino, eu temia

aquela grande sede de palha,
grande sede sem fundo
que águas meninas cobiçava.
Por isso é que ao descer
caminho de pedras eu buscava,
que não leito de areia
com suas bocas multiplicadas.
Leito de pedra abaixo
rio menino eu saltava.
Saltei até encontrar
as terras fêmeas da Mata.

Notícia do Alto Sertão

Por trás do que lembro,
ouvi de uma terra desertada,
vaziada, não vazia,
mais que seca, calcinada.
De onde tudo fugia,
onde só pedra é que ficava,
pedras e poucos homens
com raízes de pedra, ou de cabra.
Lá o céu perdia as nuvens
derradeiras de suas aves;
as árvores, a sombra,
que nelas já não pousava.
Tudo o que não fugia,
gaviões, urubus, plantas bravas,
a terra devastada
ainda mais fundo devastava.

A estrada da ribeira

Como aceitara ir
no meu destino de mar,
preferi essa estrada,
para lá chegar,
que dizem da ribeira
e à costa vai dar,
que deste mar de cinza
vai a um mar de mar;
preferi essa estrada
de muito dobrar,
estrada bem segura
que não tem errar
pois é a que toda a gente
costuma tomar
(na gente que regressa
sente-se cheiro de mar).

De Apolinário a Poço Fundo

Para o mar vou descendo
por essa estrada da ribeira.
A terra vou deixando
de minha infância primeira.
Vou deixando uma terra
reduzida à sua areia,
terra onde as coisas vivem
a natureza da pedra.
À mão direita os ermos
do Brejo da Madre de Deus,

Taquaritinga à esquerda,
onde o ermo é sempre o mesmo.
Brejo ou Taquaritinga,
mão direita ou mão esquerda,
vou entre coisas poucas
e secas além de sua pedra.

Deixando vou as terras
de minha primeira infância.
Deixando para trás
os nomes que vão mudando.
Terras que eu abandono
porque é de rio estar passando.
Vou com passo de rio,
que é de barco navegando.
Deixando para trás
as fazendas que vão ficando.
Vendo-as, enquanto vou,
parece que estão desfilando.
Vou andando lado a lado
de gente que vai retirando;
vou levando comigo
os rios que vou encontrando.

Os rios

Os rios que eu encontro
vão seguindo comigo.
Rios são de água pouca,
em que a água sempre está por um fio.
Cortados no verão

que faz secar todos os rios.
Rios todos com nome
e que abraço como a amigos.
Uns com nome de gente,
outros com nome de bicho,
uns com nome de santo,
muitos só com apelido.
Mas todos como a gente
que por aqui tenho visto:
a gente cuja vida
se interrompe quando os rios.

De Poço Fundo a Couro d'Anta

A gente não é muita
que vive por esta ribeira.
Vê-se alguma caieira
tocando fogo ainda mais na terra;
vê-se alguma fazenda
com suas casas desertas:
vêm para a beira da água
como bichos com sede.
As vilas não são muitas
e quase todas estão decadentes.
Constam de poucas casas
e de uma pequena igreja,
como, no *Itinerário*,
já as descrevia Frei Caneca.
Nenhuma tem escola;
muito poucas possuem feira.

As vilas vão passando
com seus santos padroeiros.
Primeiro é Poço Fundo,
onde Santo Antônio tem capela.
Depois é Santa Cruz
onde o Senhor Bom Jesus se reza.
Toritama, antes Torres,
fez para a Conceição sua igreja.
A vila de Capado
chama-se pela sua nova capela.
Em Topada, a igreja
com um cemitério se completa.
No lugar Couro d'Anta,
a Conceição também se celebra.
Sempre um santo preside
à decadência de cada uma delas.

A estrada da Paraíba

Depois de Santa Cruz,
que agora é Capibaribe,
encontro uma outra estrada
que desce da Paraíba.
Saltando o Cariri
e a serra de Taquaritinga,
na estrada da ribeira
ela deságua como num rio.
Juntos, na da ribeira,
continuamos, a estrada e o rio,
agora com mais gente:
a que por aquela estrada descia.

Lado a lado com gente
viajamos em companhia.
Todos rumo do mar
e do Recife esse navio.

Na estrada da ribeira
até o mar ancho vou.
Lado a lado com gente,
no meu andar sem rumor.
Não é estrada curta,
mas é a estrada melhor,
porque na companhia
de gente é que sempre vou.
Sou viajante calado,
para ouvir histórias bom,
a quem podeis falar
sem que eu tente me interpor;
junto de quem podeis
pensar alto, falar só.
Sempre em qualquer viagem
o rio é o companheiro melhor.

Do riacho das Éguas ao ribeiro do Mel

Caruaru e Vertentes
na outra manhã abandonei.
Agora é Surubim,
que fica do lado esquerdo.
A seguir João Alfredo,
que também passa longe e não vejo.
Enquanto na direita

tudo são terras de Limoeiro.
Meu caminho divide,
de nome, as terras que desço.
Entretanto a paisagem,
com tantos nomes, é quase a mesma.
A mesma dor calada,
o mesmo soluço seco,
mesma morte de coisa
que não apodrece mas seca.

Coronéis padroeiros
vão desfilando com cada vila.
Passam Cheos, Malhadinha,
muito pobres e sem vida.
Depois é Salgadinho
com pobres águas curativas.
Depois é São Vicente,
muito morta e muito antiga.
Depois, Pedra Tapada,
com poucos votos e pouca vida.
Depois de Pirauira,
é um só arruado seguido,
partido em muitos nomes,
mas todo ele pobre e sem vida
(que só há esta resposta
à ladainha dos nomes dessas vilas).

Terras de Limoeiro

Vou na mesma paisagem
reduzida à sua pedra.

A vida veste ainda
sua mais dura pele.
Só que aqui há mais homens
para vencer tanta pedra,
para amassar com sangue
os ossos duros desta terra.
E, se aqui há mais homens,
esses homens melhor conhecem
como obrigar o chão
com plantas que comem pedra.
Há aqui homens mais homens
que em sua luta contra a pedra
sabem como se armar
com as qualidades da pedra.

Dias depois, Limoeiro,
cortada a faca na ribanceira.
É a cidade melhor,
tem cada semana duas feiras.
Tem a rua maior,
tem também aquela cadeia
que Sebastião Galvão
chamou de segura e muito bela.
Tem melhores fazendas,
tem inúmeras bolandeiras
onde trabalha a gente
para quem se fez aquela cadeia.
Tem a igreja maior,
que também é a mais feia,
e a serra do Urubu
onde desses símbolos negros.

Porém bastante sangue
nunca existe guardado em veias
para amassar a terra
que seca até sua funda pedra.
Nunca bastantes rios
matarão tamanha sede,
ainda escancarada,
ainda sem fundo e de areia.
Pois, aqui, em Limoeiro,
com seu trem, sua ponte de ferro,
com seus algodoais,
com suas carrapateiras,
persiste a mesma sede,
ainda sem fundo, de palha ou areia,
bebendo tantos riachos
extraviados pelas capoeiras.

De Limoeiro a Ilhetas

Deixando vou agora
esta cidade de Limoeiro.
Passa Ribeiro Fundo,
onde só vivem ferreiros,
gente dura que faz
essas mãos mais duras de ferro
com que se obriga a terra
a entregar seu fruto secreto.
Passa depois Boi-Seco,
Feiticeiro, Gameleira, Ilhetas,
pequenos arruados
plantados em terra alheia,

onde vivem as mãos
que calçando as outras, de ferro,
vão arrancar da terra
os alheios frutos do alheio.

O trem de ferro

Agora vou deixando
o município de Limoeiro.
Lá dentro da cidade
havia encontrado o trem de ferro.
Faz a viagem do mar,
mas não será meu companheiro,
apesar dos caminhos
que quase sempre vão paralelos.
Sobre seu leito liso,
com seu fôlego de ferro,
lá no mar do Arrecife
ele chegará muito primeiro.
Sou um rio de várzea,
não posso ir tão ligeiro.
Mesmo que o mar os chame,
os rios, como os bois, são ronceiros.

Outra vez ouço o trem
ao me aproximar de Carpina.
Vai passar na cidade,
vai pela chã, lá por cima.
Detém-se raramente,
pois que sempre está fugindo,
esquivando apressado

as coisas de seu caminho.
Diversa da dos trens
é a viagem que fazem os rios:
convivem com as coisas
entre as quais vão fluindo;
demoram nos remansos
para descansar e dormir;
convivem com a gente
sem se apressar em fugir.

De Ilhetas ao Petribu

Parece que ouço agora
que vou deixando o Agreste:
"Rio Capibaribe,
que mau caminho escolheste.
Vens de terra de sola,
curtidas de tanta sede,
vais para terra pior,
que apodrece sob o verde.
Se aqui tudo secou
até seu osso de pedra,
se a terra é dura, o homem
tem pedra para defender-se.
Na Mata, a febre, a fome
até os ossos amolecem".
Penso: o rumo do mar
sempre é o melhor para quem desce.

Encontro com o canavial

No outro dia deixava
o Agreste, na Chã do Carpina.
Entrava por Paudalho,
terra já de cana e de usinas.
Via plantas de cana
com sua cabeleira, ou crina,
muita folha de cana
com sua lâmina fina,
muita soca de cana
com sua aparência franzina,
e canas com pendões
que são as canas maninhas.
Como terras de cana,
são muito mais brandas e femininas.
Foram terras de engenho,
agora são terras de usina.

Outros rios

Foram terras de engenho,
agora são terras de usina.
É o que contam os rios
que vou encontrando por aqui.
Rios bem diferentes
daqueles que já viajam comigo.
E estes também abraço
com abraço líquido e amigo.
Os primeiros porém
nenhuma palavra respondiam.
Debaixo do silêncio
eu não sei o que traziam.

Nenhum deles também
antecipar sequer parecia
o ancho mar do Recife
que os estava aguardando um dia.

Primeiro é o Petribu,
que trabalha para uma usina.
Trabalham para engenhos
o Apuá e o Cursaí.
O Cumbe e o Cajueiro
cresceram, como o Camilo,
entre cassacos do eito,
no mesmo duro serviço.
Depois é o Muçurepe,
que trabalha para outra usina.
Depois vem o Goitá,
dos lados da Chã da Alegria.
Então, o Tapacurá,
dos lados da Luz, freguesia
da gente do escrivão
que foi escrevendo o que eu dizia.

Conversa de rios

Só após algum caminho
é que alguns contam seu segredo.
Contam por que possuem
aquela pele tão espessa;
por que todos caminham
com aquele ar descalço de negros;
por que descem tão tristes

arrastando lama e silêncio.
A história é uma só
que os rios sabem dizer:
a história dos engenhos
com seus fogos a morrer.
Nelas existe sempre
uma usina e um banguê:
a usina com sua boca,
com suas várzeas o banguê.

A usina possui sempre
uma moenda de nome inglês;
o engenho, só a terra
conhecida como massapê.
E o que não pode entrar
nas moendas de nome inglês
a usina vai moendo
com muitos outros meios de moer.
A usina tem urtigas,
a usina tem morcegos,
que ela pode soltar
como amestrados exércitos
para ajudar o tempo
que vai roendo os engenhos,
como toda já roeu
a casa-grande do Poço do Aleixo.

Do Petribu ao Tapacurá

As coisas são muitas
que vou encontrando neste caminho.

Tudo planta de cana
nos dois lados do caminho;
e mais plantas de cana
nos dois lados dos caminhos
por onde os rios descem
que vou encontrando neste caminho;
e outras plantas de cana
há nas ribanceiras dos outros rios
que estes encontraram
antes de se encontrarem comigo.
Tudo planta de cana
e assim até o infinito;
tudo planta de cana
para uma só boca de usina.

As casas não são muitas
que por aqui tenho encontrado
(os povoados são raros
que a cana não tenha expulsado).
Poucas tem Rosarinho
e Desterro, que está pegado.
Paudalho, que é maior,
está menos ameaçada,
Paudalho essa cidade
construída dentro de um valado,
com sua ponte de ferro
que eu atravesso de um salto.
Santa Rita é depois,
onde os trens fazem parada:
só com medo dos trens
é que o canavial não a assalta.

Descoberta da Usina

Até este dia, usinas
eu não havia encontrado.
Petribu, Muçurepe,
para trás tinham ficado,
porém o meu caminho
passa por ali muito apressado.
De usina eu conhecia
o que os rios tinham contado.
Assim, quando da Usina
eu me estava aproximando,
tomei caminho outro
do que vi o trem tomar:
tomei o da direita,
que a cambiteira vi tomar,
pois eu queria a Usina
mais de perto examinar.

Vira usinas comer
as terras que iam encontrando;
com grandes canaviais
todas as várzeas ocupando.
O canavial é a boca
com que primeiro vão devorando
matas e capoeiras,
pastos e cercados;
com que devoram a terra
onde um homem plantou seu roçado;
depois os poucos metros
onde ele plantou sua casa;
depois o pouco espaço
de que precisa um homem sentado;

depois os sete palmos
onde ele vai ser enterrado.

Muitos engenhos mortos
haviam passado no meu caminho.
De porteira fechada,
quase todos foram engolidos.
Muitos com suas serras,
todos eles com seus rios,
rios de nome igual
como crias de casa, ou filhos.
Antes foram engenhos,
poucos agora são usinas.
Antes foram engenhos,
agora são imensos partidos.
Antes foram engenhos,
com suas caldeiras vivas;
agora são informes
partidos que nada identifica.

Encontro com a Usina

Mas na Usina é que vi
aquela boca maior
que existe por detrás
das bocas que ela plantou;
que come o canavial
que contra as terras soltou;
que come o canavial
e tudo o que ele devorou;
que come o canavial

e as casas que ele assaltou;
que come o canavial
e as caldeiras que sufocou.
Só na Usina é que vi
aquela boca maior,
a boca que devora
bocas que devorar mandou.

Na vila da Usina
é que fui descobrir a gente
que as canas expulsaram
das ribanceiras e vazantes;
e que essa gente mesma
na boca da Usina são os dentes
que mastigam a cana
que a mastigou enquanto gente;
que mastigam a cana
que mastigou anteriormente
as moendas dos engenhos
que mastigavam antes outra gente;
que nessa gente mesma,
nos dentes fracos que ela arrenda,
as moendas estrangeiras
sua força melhor assentam.

Por esta grande usina
olhando com cuidado vou,
que esta foi a usina
que toda esta Mata dominou.
Numa usina se aprende
como a carne mastiga o osso,

se aprende como mãos
amassam a pedra, o caroço;
numa usina se assiste
à vitória, de dor maior,
de brando sobre o duro,
do grão amassando a mó;
numa usina se assiste
à vitória maior e pior,
que é a de pedra dura
furada de suor.

Para trás vai ficando
a triste povoação daquela usina
onde vivem os dentes
com que a fábrica mastiga.
Dentes frágeis, de carne,
que não duram mais de um dia;
dentes são que se comem
ao mastigar para a Companhia;
de gente que, cada ano,
o tempo da safra é que vive,
que, na braça da vida,
tem marcado curto o limite.
Vi homens de bagaço
enquanto por ali discorria;
vi homens de bagaço
que morte úmida embebia.

E vi todas as mortes
em que esta gente vivia:
vi a morte por crime,

pingando a hora na vigia;
a morte por desastre,
com seus gumes tão precisos,
como um braço se corta,
cortar bem rente muita vida;
vi a morte por febre,
precedida de seu assovio,
consumir toda a carne
com um fogo que por dentro é frio.
Ali não é a morte
de planta que seca, ou de rio:
é morte que apodrece,
ali natural, pelo visto.

Da Usina a São Lourenço da Mata

Agora vou deixando
a povoação daquela usina.
Outra vez vou baixando
entre infindáveis partidos;
entre os mares de verde
que sabe pintar Cícero Dias,
pensando noutro engenho
devorado por outra usina;
entre colinas mansas
de uma terra sempre em cio,
que o vento, com carinho,
penteia, como se sua filha.
Que nem ondas de mar,
multiplicadas, elas se estendiam;
como ondas do mar de mar
que vou conhecer um dia.

À tarde deixo os mares
daquela usina de usinas;
vou entrando nos mares
de algumas outras usinas.
Sei que antes esses mares
inúmeros se dividiam
até que um mar mais forte
os mais fracos engolia
(hoje só grandes mares
a Mata inteira dominam).
Mas o mar obedece
a um destino sem divisa,
e o grande mar de cana,
como o verdadeiro, algum dia,
será uma só água
em toda esta comum cercania.

De São Lourenço à Ponte de Prata

Vou pensando no mar
que daqui ainda estou vendo;
em toda aquela gente
numa terra tão viva morrendo.
Através deste mar
vou chegando a São Lourenço,
que de longe é como ilha
no horizonte de cana aparecendo;
através deste mar,
como um barco na corrente,
mesmo sendo eu o rio,
que vou navegando parece.

Navegando este mar,
até o Recife irei,
que as ondas deste mar
somente lá se detêm.

Ao entrar no Recife,
não pensem que entro só.
Entra comigo a gente
que comigo baixou
por essa velha estrada
que vem do interior;
entram comigo rios
a quem o mar chamou,
entra comigo a gente
que com o mar sonhou,
e também retirantes
em quem só o suor não secou;
e entra essa gente triste,
a mais triste que já baixou,
a gente que a usina,
depois de mastigar, largou.

Entra a gente que a usina
depois de mastigar largou;
entra aquele usineiro
que outro maior devorou;
entra esse banguezeiro
reduzido a fornecedor;
entra detrás um destes,
que agora é um simples morador;
detrás, o morador

que nova safra já não fundou;
entra, como cassaco,
esse antigo morador;
entra enfim o cassaco,
que por todas aquelas bocas passou.
Detrás de cada boca,
ele vê que há uma boca maior.

Da Ponte de Prata a Caxangá

A gente das usinas
foi mais um afluente a engrossar
aquele rio de gente
que vem de além do Jacarará.
Pelo mesmo caminho
que venho seguindo desde lá,
vamos juntos, dois rios,
cada um para seu mar.
O trem outro caminho
tomou na Ponte de Prata;
foi por Tijipió
e pelos mangues de Afogados.
Sempre com retirantes,
vou pela Várzea e por Caxangá,
onde as últimas ondas
de cana se vêm espraiar.

Entra-se no Recife
pelo Engenho São Francisco.
Já em terras da Várzea,
está São João, uma antiga usina.
Depois se atinge a Várzea,

a vila propriamente dita,
com suas árvores velhas
que dão uma sombra também antiga.
A seguir, Caxangá,
também velha e recolhida,
onde começa a estrada
dita Nova, ou de Iputinga,
que quase reta à cidade,
que é o mar a que se destina,
leva a gente que veio
baixando em minha companhia.

Vou deixando à direita
aquela planície aterrada
que desde os pés de Olinda
até os montes Guararapes,
e que de Caxangá
até o mar oceano,
para formar o Recife
os rios vão sempre atulhando.
Com água densa de terra
onde muitas usinas urinaram,
água densa de terra
e de muitas ilhas engravidada.
Com substância de vida
é que os rios a vão aterrando,
com esses lixos de vida
que os rios viemos carreando.

De Caxangá a Apipucos

Até aqui as últimas
ondas de cana não chegam.

Agora o vento sopra
em folhas de um outro verde.
Folhas muito mais finas
as brisas daqui penteiam.
São cabelos de moças
que vêm cortar capinheiros;
são cabelos das moças
ou dos bacharéis em direito
que devem habitar
naqueles sobrados tão pitorescos
(pois os cabelos da gente
que apodrece na lama negra
geram folhas de mangue,
que são folhas duras e grosseiras).

De Apipucos à Madalena

Agora vou entrando
no Recife pitoresco,
sentimental, histórico,
de Apipucos e do Monteiro;
do Poço da Panela,
da Casa Forte e do Caldeireiro,
onde há poças de tempo
estagnadas sob as mangueiras;
de Sant'Ana de Fora
e de Sant'Ana de Dentro,
das muitas olarias,
rasas, se agachando do vento.
E mais sentimental,
histórico e pitoresco

vai ficando o caminho
a caminho da Madalena.

Um velho cais roído
e uma fila de oitizeiros
há na curva mais lenta
do caminho pela Jaqueira,
onde (não mais está)
um menino bastante guenzo
de tarde olhava o rio
como se filme de cinema;
via-me, rio, passar
com meu variado cortejo
de coisas vivas, mortas,
coisas de lixo e de despejo;
viu o mesmo boi morto
que Manuel viu numa cheia,
viu ilhas navegando,
arrancadas das ribanceiras.

Vi muitos arrabaldes
ao atravessar o Recife:
alguns na beira da água,
outros em deitadas colinas;
muitos no alto de cais
com casarões de escadas para o rio;
todos sempre ostentando
sua ulcerada alvenaria;
todos porém no alto
de sua gasta aristocracia;
todos bem orgulhosos,

não digo de sua poesia,
sim, da história doméstica
que estuda para descobrir, nestes dias,
como se palitavam
os dentes nesta freguesia.

As primeiras ilhas

Rasas na altura da água
começam a chegar as ilhas.
Muitas a maré cobre
e horas mais tarde ressuscita
(sempre depois que afloram
outra vez à luz do dia
voltam com chão mais duro
do que o que dantes havia).
Rasas na altura da água
vê-se brotar outras ilhas:
ilhas ainda sem nome,
ilhas ainda não de todo paridas.
Ilha Joana Bezerra,
do Leite, do Retiro, do Maruim:
o touro da maré
a estas já não precisa cobrir.

O outro Recife

Casas de lama negra
há plantadas por essas ilhas
(na enchente da maré
elas navegam como ilhas);

casas de lama negra
daquela cidade anfíbia
que existe por debaixo
do Recife contado em Guias.
Nela deságua a gente
(como no mar deságuam rios)
que de longe desceu
em minha companhia;
nela deságua a gente
de existência imprecisa,
no seu chão de lama
entre água e terra indecisa.

Dos Coelhos ao cais de Santa Rita

Mas deixo essa cidade:
dela mais tarde contarei.
Vou naquele caminho
que pelo hospital dos Coelhos,
por cais de que as vazantes
exibem gengivas negras,
leva àquele Recife
de fundação holandesa.
Nele passam as pontes
de robustez portuguesa,
anúncios luminosos
com muitas palavras inglesas;
passa ainda a cadeia,
passa o Palácio do Governo,
ambos robustos, sólidos,
plantados no chão mais seco.

Rio lento de várzea,
vou agora ainda mais lento,
que agora minhas águas
de tanta lama me pesam.
Vou agora tão lento,
porque é pesado o que carrego:
vou carregado de ilhas
recolhidas enquanto desço;
de ilhas de terra preta,
imagem do homem aqui de perto
e do homem que encontrei
no meu comprido trajeto
(também a dor desse homem
me impõe essa passada de doença,
arrastada, de lama,
e assim cuidadosa e atenta).

Vão desfilando cais
com seus sobrados ossudos.
Passam muitos sobrados
com seus telhados agudos.
Passam, muito mais baixos,
os armazéns de açúcar do Brum.
Passam muitas barcaças
para Itapissuma, Igaraçu.
No cais de Santa Rita,
enquanto vou norte-sul,
surge o mar, afinal,
como enorme montanha azul.
No cais, Joaquim Cardozo
morou e aprendeu a luz

das costas do Nordeste,
mineral de tanto azul.

As duas cidades

Mas antes de ir ao mar,
onde minha fala se perde,
vou contar da cidade
habitada por aquela gente
que veio meu caminho
e de quem fui o confidente.
Lá pelo Beberibe
aquela cidade também se estende,
pois sempre junto aos rios
prefere se fixar aquela gente;
sempre perto dos rios,
companheiros de antigamente,
como se não pudessem
por um minuto somente
dispensar a presença
de seus conhecidos de sempre.

Conheço todos eles,
do Agreste e da Caatinga;
gente também da Mata,
vomitada pelas usinas;
gente também daqui
que trabalha nestas usinas,
que aqui não moem cana,
moem coisas muito mais finas.
Muitas eu vi passar:

fábricas, como aqui se apelidam;
têm bueiro como usina,
são iguais também por famintas.
Só que as enormes bocas
que existem aqui nestas usinas
encontram muitas pedras
dentro de sua farinha.

A gente da cidade
que há no avesso do Recife
tem em mim um amigo,
seu companheiro mais íntimo.
Vivo como esta gente,
entro-lhes pela cozinha;
como bicho de casa
penetro nas camarinhas.
As vilas que passei
sempre abracei como amigo;
desta vila de lama
é que sou mais do que amigo:
sou o amante, que abraça
com corpo mais confundido;
sou o amante, com ela
leito de lama divido.

Tudo o que encontrei
na minha longa descida,
montanhas, povoados,
caieiras, viveiros, olarias,
mesmo esses pés de cana
que tão iguais me pareciam,

tudo levava um nome
com que poder ser conhecido.
A não ser esta gente
que pelos mangues habita:
eles são gente apenas
sem nenhum nome que os distinga;
que os distinga na morte
que aqui é anônima e seguida.
São como ondas de mar,
uma só onda, e sucessiva.

A não ser esta cidade
que vim encontrar sob o Recife:
sua metade podre
que com lama podre se edifica.
É cidade sem nome
sob a capital tão conhecida.
Se é também capital,
será uma capital mendiga.
É cidade sem ruas
e sem casas que se diga.
De outra qualquer cidade
possui apenas polícia.
Desta capital podre
só as estatísticas dão notícia,
ao medir sua morte,
pois não há o que medir em sua vida.

Conheço toda a gente
que deságua nestes alagados.
Não estão no nível de cais,

vivem no nível da lama e do pântano.
Gente de olho perdido
olhando-me sempre passar
como se eu fosse trem
ou carro de viajar.
É gente que assim me olha
desde o sertão do Jacarará;
gente que sempre me olha
como se, de tanto me olhar,
eu pudesse o milagre
de, num dia ainda por chegar,
levar todos comigo,
retirantes para o mar.

Os dois mares

A um rio sempre espera
um mais vasto e ancho mar.
Para a gente que desce
é que nem sempre existe esse mar,
pois eles não encontram
na cidade que imaginavam mar
senão outro deserto
de pântanos perto do mar.
Por entre esta cidade
ainda mais lenta é minha pisada;
retardo enquanto posso
os últimos dias da jornada.
Não há talhas que ver,
muito menos o que tombar:

há apenas esta gente
e minha simpatia calada.

Oferenda

Já deixando o Recife
entro pelos caminhos comuns do mar:
entre barcos de longe,
sábios de muito viajar;
junto desta barcaça
que vai no rumo de Itamaracá;
lado a lado com rios
que chegam do Pina com o Jiquiá.
Ao partir companhia
desta gente dos alagados
que lhe posso deixar,
que conselho, que recado?
Somente a relação
de nosso comum retirar;
só esta relação
tecida em grosso tear.

Morte e vida severina

Auto de Natal pernambucano

O retirante explica ao leitor
quem é e a que vai

— O meu nome é Severino,
não tenho outro de pia.
Como há muitos Severinos,
que é santo de romaria,
deram então de me chamar
Severino de Maria;
como há muitos Severinos
com mães chamadas Maria,
fiquei sendo o da Maria
do finado Zacarias.
Mas isso ainda diz pouco:
há muitos na freguesia,
por causa de um coronel
que se chamou Zacarias
e que foi o mais antigo
senhor desta sesmaria.
Como então dizer quem fala
ora a Vossas Senhorias?
Vejamos: é o Severino
da Maria do Zacarias,
lá da serra da Costela,
limites da Paraíba.
Mas isso ainda diz pouco:
se ao menos mais cinco havia

com nome de Severino
filhos de tantas Marias
mulheres de outros tantos,
já finados, Zacarias,
vivendo na mesma serra
magra e ossuda em que eu vivia.
Somos muitos Severinos
iguais em tudo na vida:
na mesma cabeça grande
que a custo é que se equilibra,
no mesmo ventre crescido
sobre as mesmas pernas finas,
e iguais também porque o sangue
que usamos tem pouca tinta.
E se somos Severinos
iguais em tudo na vida,
morremos de morte igual,
mesma morte severina:
que é a morte de que se morre
de velhice antes dos trinta,
de emboscada antes dos vinte,
de fome um pouco por dia
(de fraqueza e de doença
é que a morte severina
ataca em qualquer idade,
e até gente não nascida).
Somos muitos Severinos
iguais em tudo e na sina:
a de abrandar estas pedras
suando-se muito em cima,
a de tentar despertar

terra sempre mais extinta,
a de querer arrancar
algum roçado da cinza.
Mas, para que me conheçam
melhor Vossas Senhorias
e melhor possam seguir
a história de minha vida,
passo a ser o Severino
que em vossa presença emigra.

Encontra dois homens carregando um defunto numa rede, aos gritos de: "Ó irmãos das almas! Irmãos das almas! Não fui eu que matei não!"

— A quem estais carregando,
irmãos das almas,
embrulhado nessa rede?
dizei que eu saiba.
— A um defunto de nada,
irmão das almas,
que há muitas horas viaja
à sua morada.
— E sabeis quem era ele,
irmãos das almas,
sabeis como ele se chama
ou se chamava?
— Severino Lavrador,
irmão das almas,
Severino Lavrador,
mas já não lavra.

— E de onde que o estais trazendo,
  irmãos das almas,
  onde foi que começou
  vossa jornada?
— Onde a Caatinga é mais seca,
  irmão das almas,
  onde uma terra que não dá
  nem planta brava.
— E foi morrida essa morte,
  irmãos das almas,
  essa foi morte morrida
  ou foi matada?
— Até que não foi morrida,
  irmão das almas,
  esta foi morte matada,
  numa emboscada.
— E o que guardava a emboscada,
  irmãos das almas,
  e com que foi que o mataram,
  com faca ou bala?
— Este foi morto de bala,
  irmão das almas,
  mais garantido é de bala,
  mais longe vara.
— E quem foi que o emboscou,
  irmãos das almas,
  quem contra ele soltou
  essa ave-bala?
— Ali é difícil dizer,
  irmão das almas,
  sempre há uma bala voando
  desocupada.

— E o que havia ele feito,
 irmãos das almas,
 e o que havia ele feito
 contra a tal pássara?
— Ter uns hectares de terra,
 irmão das almas,
 de pedra e areia lavada
 que cultivava.
— Mas que roças que ele tinha,
 irmãos das almas,
 que podia ele plantar
 na pedra avara?
— Nos magros lábios de areia,
 irmão das almas,
 dos intervalos das pedras,
 plantava palha.
— E era grande sua lavoura,
 irmãos das almas,
 lavoura de muitas covas,
 tão cobiçada?
— Tinha somente dez quadras,
 irmão das almas,
 todas nos ombros da serra,
 nenhuma várzea.
— Mas então por que o mataram,
 irmãos das almas,
 mas então por que o mataram
 com espingarda?
— Queria mais espalhar-se,
 irmão das almas,

queria voar mais livre
essa ave-bala.
— E agora o que passará,
irmãos das almas,
o que é que acontecerá
contra a espingarda?
— Mais campo tem para soltar,
irmão das almas,
tem mais onde fazer voar
as filhas-bala.
— E onde o levais a enterrar,
irmãos das almas,
com a semente do chumbo
que tem guardada?
— Ao cemitério de Torres,
irmão das almas,
que hoje se diz Toritama,
de madrugada.
— E poderei ajudar,
irmãos das almas?
Vou passar por Toritama,
é minha estrada.
— Bem que poderá ajudar,
irmão das almas,
é irmão das almas quem ouve
nossa chamada.
— E um de nós pode voltar,
irmão das almas,
pode voltar daqui mesmo
para sua casa.
— Vou eu, que a viagem é longa,

irmãos das almas,
   é muito longa a viagem
   e a serra é alta.
— Mais sorte tem o defunto,
   irmãos das almas,
   pois já não fará na volta
   a caminhada.
— Toritama não cai longe,
   irmãos das almas,
   seremos no campo-santo
   de madrugada.
— Partamos enquanto é noite,
   irmãos das almas,
   que é o melhor lençol dos mortos
   noite fechada.

O retirante tem medo de se
extraviar porque seu guia, o rio
Capibaribe, cortou com o verão

— Antes de sair de casa
   aprendi a ladainha
   das vilas que vou passar
   na minha longa descida.
   Sei que há muitas vilas grandes,
   cidades que elas são ditas;
   sei que há simples arruados,
   sei que há vilas pequeninas,
   todas formando um rosário
   cujas contas fossem vilas,
   todas formando um rosário

de que a estrada fosse a linha.
Devo rezar tal rosário
até o mar onde termina,
saltando de conta em conta,
passando de vila em vila.
Vejo agora: não é fácil
seguir essa ladainha;
entre uma conta e outra conta,
entre uma e outra ave-maria,
há certas paragens brancas,
de planta e bicho vazias,
vazias até de donos,
e onde o pé se descaminha.
Não desejo emaranhar
o fio de minha linha
nem que se enrede no pelo
hirsuto desta caatinga.
Pensei que seguindo o rio
eu jamais me perderia:
ele é o caminho mais certo,
de todos o melhor guia.
Mas como segui-lo agora
que interrompeu a descida?
Vejo que o Capibaribe,
como os rios lá de cima,
é tão pobre que nem sempre
pode cumprir sua sina
e no verão também corta,
com pernas que não caminham.
Tenho de saber agora
qual a verdadeira via

entre essas que escancaradas
frente a mim se multiplicam.
Mas não vejo almas aqui,
nem almas mortas nem vivas;
ouço somente à distância
o que parece cantoria.
Será novena de santo,
será algum mês de Maria;
quem sabe até se uma festa
ou uma dança não seria?

Na casa a que o retirante chega estão
cantando excelências para um defunto,
enquanto um homem, do lado de fora,
vai parodiando as palavras dos cantadores

— *Finado Severino,*
  quando passares em Jordão
  e os demônios te atalharem
  perguntando o que é que levas...
— *Dize que levas cera,*
  capuz e cordão
  mais a Virgem da Conceição.
— *Finado Severino,*
  etc...
— Dize que levas somente
  coisas de não:
  fome, sede, privação.
— *Finado Severino,*
  etc...
— Dize que coisas de não,

ocas, leves:
  como o caixão, que ainda deves.
— *Uma excelência*
  dizendo que a hora é hora.
— *Ajunta os carregadores,*
  que o corpo quer ir embora.
— *Duas excelências...*
— *... dizendo é a hora da plantação.*
— *Ajunta os carregadores...*
— *... que a terra vai colher a mão.*

Cansado da viagem o retirante pensa
interrompê-la por uns instantes e
procurar trabalho ali onde se encontra

— Desde que estou retirando
   só a morte vejo ativa,
   só a morte deparei
   e às vezes até festiva;
   só a morte tem encontrado
   quem pensava encontrar vida,
   e o pouco que não foi morte
   foi de vida severina
   (aquela vida que é menos
   vivida que defendida,
   e é ainda mais severina
   para o homem que retira).
   Penso agora: mas por que
   parar aqui eu não podia
   e como o Capibaribe
   interromper minha linha?

Ao menos até que as águas
de uma próxima invernia
me levem direto ao mar
ao refazer sua rotina?
Na verdade, por uns tempos,
parar aqui eu bem podia
e retomar a viagem
quando vencesse a fadiga.
Ou será que aqui cortando
agora minha descida
já não poderei seguir
nunca mais em minha vida?
(será que a água destes poços
é toda aqui consumida
pelas roças, pelos bichos,
pelo sol com suas línguas?
será que quando chegar
o rio da nova invernia
um resto de água no antigo
sobrará nos poços ainda?)
Mas isso depois verei:
tempo há para que decida
primeiro é preciso achar
um trabalho de que viva.
Vejo uma mulher na janela,
ali, que, se não é rica,
parece remediada
ou dona de sua vida:
vou saber se de trabalho
poderá me dar notícia.

Dirige-se à mulher na janela, que
depois descobre tratar-se de quem
se saberá

— Muito bom dia, senhora,
　que nessa janela está;
　sabe dizer se é possível
　algum trabalho encontrar?
— Trabalho aqui nunca falta
　a quem sabe trabalhar;
　o que fazia o compadre
　na sua terra de lá?
— Pois fui sempre lavrador,
　lavrador de terra má;
　não há espécie de terra
　que eu não possa cultivar.
— Isso aqui de nada adianta,
　pouco existe o que lavrar;
　mas diga-me, retirante,
　o que mais fazia por lá?
— Também lá na minha terra
　de terra mesmo pouco há;
　mas até a calva da pedra
　sinto-me capaz de arar.
— Também de pouco adianta,
　nem pedra há aqui que amassar;
　diga-me ainda, compadre,
　que mais fazia por lá?
— Conheço todas as roças
　que nesta chã podem dar:
　o algodão, a mamona,
　a pita, o milho, o caroá.

— Esses roçados o banco
  já não quer financiar;
  mas diga-me, retirante,
  o que mais fazia lá?
— Melhor do que eu ninguém
  sabe combater, quiçá,
  tanta planta de rapina
  que tenho visto por cá.
— Essas plantas de rapina
  são tudo o que a terra dá;
  diga-me ainda, compadre,
  que mais fazia por lá?
— Tirei mandioca de chãs
  que o vento vive a esfolar
  e de outras escalavradas
  pela seca faca solar.
— Isto aqui não é Vitória,
  nem é Glória do Goitá;
  e além da terra, me diga,
  que mais sabe trabalhar?
— Sei também tratar de gado,
  entre urtigas pastorear:
  gado de comer do chão
  ou de comer ramas no ar.
— Aqui não é Surubim,
  nem Limoeiro, oxalá!
  Mas diga-me, retirante,
  que mais fazia por lá?
— Em qualquer das cinco tachas
  de um banguê sei cozinhar;
  sei cuidar de uma moenda,

de uma casa de purgar.
— Com a vinda das usinas
há poucos engenhos já;
nada mais o retirante
aprendeu a fazer lá?
— Ali ninguém aprendeu
outro ofício, ou aprenderá:
mas o sol, de sol a sol,
bem se aprende a suportar.
— Mas isso então será tudo
em que sabe trabalhar?
vamos, diga, retirante,
outras coisas saberá.
— Deseja mesmo saber
o que eu fazia por lá?
comer quando havia o quê
e, havendo ou não, trabalhar.
— Essa vida por aqui
é coisa familiar;
mas diga-me, retirante,
sabe benditos rezar?
sabe cantar excelências,
defuntos encomendar?
sabe tirar ladainhas,
sabe mortos enterrar?
— Já velei muitos defuntos,
na serra é coisa vulgar;
mas nunca aprendi as rezas,
sei somente acompanhar.
— Pois se o compadre soubesse
rezar ou mesmo cantar,

    trabalhávamos a meias,
    que a freguesia bem dá.
— Agora se me permite
    minha vez de perguntar:
    como a senhora, comadre,
    pode manter o seu lar?
— Vou explicar rapidamente,
    logo compreenderá:
    como aqui a morte é tanta,
    vivo de a morte ajudar.
— E ainda se me permite
    que volte a perguntar:
    é aqui uma profissão
    trabalho tão singular?
— É, sim, uma profissão,
    e a melhor de quantas há:
    sou de toda a região
    rezadora titular.
— E ainda se me permite
    mais outra vez indagar:
    é boa essa profissão
    em que a comadre ora está?
— De um raio de muitas léguas
    vem gente aqui me chamar;
    a verdade é que não pude
    queixar-me ainda de azar.
— E se pela última vez
    me permite perguntar:
    não existe outro trabalho
    para mim nesse lugar?
— Como aqui a morte é tanta,

só é possível trabalhar
nessas profissões que fazem
da morte ofício ou bazar.
Imagine que outra gente
de profissão similar,
farmacêuticos, coveiros,
doutor de anel no anular,
remando contra a corrente
da gente que baixa ao mar,
retirantes às avessas,
sobem do mar para cá.
Só os roçados da morte
compensam aqui cultivar,
e cultivá-los é fácil:
simples questão de plantar;
não se precisa de limpa,
de adubar nem de regar;
as estiagens e as pragas
fazem-nos mais prosperar;
e dão lucro imediato;
nem é preciso esperar
pela colheita: recebe-se
na hora mesma de semear.

O retirante chega à Zona da Mata, que o faz pensar, outra vez, em interromper a viagem

— Bem me diziam que a terra
se faz mais branda e macia
quanto mais do litoral
a viagem se aproxima.

Agora afinal cheguei
nesta terra que diziam.
Como ela é uma terra doce
para os pés e para a vista.
Os rios que correm aqui
têm a água vitalícia.
Cacimbas por todo lado;
cavando o chão, água mina.
Vejo agora que é verdade
o que pensei ser mentira.
Quem sabe se nesta terra
não plantarei minha sina?
Não tenho medo de terra
(cavei pedra toda a vida),
e para quem lutou a braço
contra a piçarra da Caatinga
será fácil amansar
esta aqui, tão feminina.
Mas não avisto ninguém,
só folhas de cana fina;
somente ali à distância
aquele bueiro de usina;
somente naquela várzea
um banguê velho em ruína.
Por onde andará a gente
que tantas canas cultiva?
Feriando: que nesta terra
tão fácil, tão doce e rica,
não é preciso trabalhar
todas as horas do dia,
os dias todos do mês,

os meses todos da vida.
Decerto a gente daqui
jamais envelhece aos trinta
nem sabe da morte em vida,
vida em morte, severina;
e aquele cemitério ali,
branco na verde colina,
decerto pouco funciona
e poucas covas aninha.

Assiste ao enterro de um trabalhador
de eito e ouve o que dizem do morto
os amigos que o levaram ao cemitério

— Essa cova em que estás,
 com palmos medida,
 é a conta menor
 que tiraste em vida.
— É de bom tamanho,
 nem largo nem fundo,
 é a parte que te cabe
 deste latifúndio.
— Não é cova grande,
 é cova medida,
 é a terra que querias
 ver dividida.
— É uma cova grande
 para teu pouco defunto,
 mas estarás mais ancho
 que estavas no mundo.
— É uma cova grande

para teu defunto parco,
   porém mais que no mundo
   te sentirás largo.
— É uma cova grande
   para tua carne pouca,
   mas a terra dada
   não se abre a boca.
— Viverás, e para sempre
   na terra que aqui aforas:
   e terás enfim tua roça.
— Aí ficarás para sempre,
   livre do sol e da chuva,
   criando tuas saúvas.
— Agora trabalharás
   só para ti, não a meias,
   como antes em terra alheia.
— Trabalharás uma terra
   da qual, além de senhor,
   serás homem de eito e trator.
— Trabalhando nessa terra,
   tu sozinho tudo empreitas:
   serás semente, adubo, colheita.
— Trabalharás numa terra
   que também te abriga e te veste:
   embora com o brim do Nordeste.
— Será de terra
   tua derradeira camisa:
   te veste, como nunca em vida.
— Será de terra
   e tua melhor camisa:
   te veste e ninguém cobiça.

— Terás de terra
   completo agora o teu fato:
   e pela primeira vez, sapato.
— Como és homem,
   a terra te dará chapéu:
   fosses mulher, xale ou véu.
— Tua roupa melhor
   será de terra e não de fazenda:
   não se rasga nem se remenda.
— Tua roupa melhor
   e te ficará bem cingida:
   como roupa feita à medida.
— Esse chão te é bem conhecido
   (bebeu teu suor vendido).
— Esse chão te é bem conhecido
   (bebeu o moço antigo).
— Esse chão te é bem conhecido
   (bebeu tua força de marido).
— Desse chão és bem conhecido
   (através de parentes e amigos).
— Desse chão és bem conhecido
   (vive com tua mulher, teus filhos).
— Desse chão és bem conhecido
   (te espera de recém-nascido).
— Não tens mais força contigo:
   deixas-te semear ao comprido.
— Já não levas semente viva:
   teu corpo é a própria maniva.
— Não levas rebolo de cana:
   és o rebolo, e não de caiana.
— Não levas semente na mão:

és agora o próprio grão.
— Já não tens força na perna:
   deixas-te semear na coveta.
— Já não tens força na mão:
   deixas-te semear no leirão.
— Dentro da rede não vinha nada,
   só tua espiga debulhada.
— Dentro da rede vinha tudo,
   só tua espiga no sabugo.
— Dentro da rede coisa vasqueira,
   só a maçaroca banguela.
— Dentro da rede coisa pouca,
   tua vida que deu sem soca.
— Na mão direita um rosário,
   milho negro e ressecado.
— Na mão direita somente
   o rosário, seca semente.
— Na mão direita, de cinza,
   o rosário, semente maninha.
— Na mão direita o rosário,
   semente inerte e sem salto.
— Despido vieste no caixão,
   despido também se enterra o grão.
— De tanto te despiu a privação
   que escapou de teu peito a viração.
— Tanta coisa despiste em vida
   que fugiu de teu peito a brisa.
— E agora, se abre o chão e te abriga,
   lençol que não tiveste em vida.
— Se abre o chão e te fecha,
   dando-te agora cama e coberta.

— Se abre o chão e te envolve,
  como mulher com que se dorme.

O retirante resolve apressar os passos para chegar logo ao Recife

— Nunca esperei muita coisa,
  digo a Vossas Senhorias.
  O que me fez retirar
  não foi a grande cobiça;
  o que apenas busquei
  foi defender minha vida
  da tal velhice que chega
  antes de se inteirar trinta;
  se na serra vivi vinte,
  se alcancei lá tal medida,
  o que pensei, retirando,
  foi estendê-la um pouco ainda.
  Mas não senti diferença
  entre o Agreste e a Caatinga,
  e entre a Caatinga e aqui a Mata
  a diferença é a mais mínima.
  Está apenas em que a terra
  é por aqui mais macia;
  está apenas no pavio,
  ou melhor, na lamparina:
  pois é igual o querosene
  que em toda parte ilumina,
  e quer nesta terra gorda,
  quer na serra, de caliça,
  a vida arde sempre com

a mesma chama mortiça.
Agora é que compreendo
por que em paragens tão ricas
o rio não corta em poços
como ele faz na Caatinga:
vive a fugir dos remansos
a que a paisagem o convida,
com medo de se deter,
grande que seja a fadiga.
Sim, o melhor é apressar
o fim desta ladainha,
fim do rosário de nomes
que a linha do rio enfia;
é chegar logo ao Recife,
derradeira ave-maria
do rosário, derradeira
invocação da ladainha,
Recife, onde o rio some
e esta minha viagem se fina.

Chegando ao Recife, o retirante senta-se para descansar ao pé de um muro alto e caiado e ouve, sem ser notado, a conversa de dois coveiros

— O dia hoje está difícil;
não sei onde vamos parar.
Deviam dar um aumento,
ao menos aos deste setor de cá.
As avenidas do centro são melhores,
mas são para os protegidos:

      há sempre menos trabalho
      e gorjetas pelo serviço;
      e é mais numeroso o pessoal
      (toma mais tempo enterrar os ricos).
— Pois eu me daria por contente
      se me mandassem para cá.
      Se trabalhasses no de Casa Amarela
      não estarias a reclamar.
      De trabalhar no de Santo Amaro
      deve alegrar-se o colega
      porque parece que a gente
      que se enterra no de Casa Amarela
      está decidida a mudar-se
      toda para debaixo da terra.
— É que o colega ainda não viu
      o movimento: não é o que se vê.
      Fique-se por aí um momento
      e não tardarão a aparecer
      os defuntos que ainda hoje
      vão chegar (ou partir, não sei).
      As avenidas do centro,
      onde se enterram os ricos,
      são como o porto do mar;
      não é muito ali o serviço:
      no máximo um transatlântico
      chega ali cada dia,
      com muita pompa, protocolo,
      e ainda mais cenografia.
      Mas este setor de cá
      é como a estação dos trens:
      diversas vezes por dia

chega o comboio de alguém.
— Mas se teu setor é comparado
à estação central dos trens,
o que dizer de Casa Amarela
onde não para o vaivém?
Pode ser uma estação
mas não estação de trem:
será parada de ônibus,
com filas de mais de cem.
— Então por que não pedes,
já que és de carreira, e antigo,
que te mandem para Santo Amaro
se achas mais leve o serviço?
Não creio que te mandassem
para as belas avenidas
onde estão os endereços
e o bairro da gente fina:
isto é, para o bairro dos usineiros,
dos políticos, dos banqueiros,
e, no tempo antigo, dos banguezeiros,
(hoje estes se enterram em carneiros);
bairro também dos industriais,
dos membros das associações patronais
e dos que foram mais horizontais
nas profissões liberais.
Difícil é que consigas
aquele bairro, logo de saída.
— Só pedi que me mandassem
para as urbanizações discretas,
com seus quarteirões apertados,
com suas cômodas de pedra.

— Esse é o bairro dos funcionários,
inclusive extranumerários,
contratados e mensalistas
(menos os tarefeiros e diaristas).
Para lá vão os jornalistas,
os escritores, os artistas;
ali vão também os bancários,
as altas patentes dos comerciários,
os lojistas, os boticários,
os localizados aeroviários
e os de profissões liberais
que não se liberaram jamais.
— Também um bairro dessa gente
temos no de Casa Amarela:
cada um em seu escaninho,
cada um em sua gaveta,
com o nome aberto na lousa
quase sempre em letras pretas.
Raras as letras douradas,
raras também as gorjetas.
— Gorjetas aqui, também,
só dá mesmo a gente rica,
em cujo bairro não se pode
trabalhar em mangas de camisa;
onde se exige quepe
e farda engomada e limpa.
— Mas não foi pelas gorjetas, não,
que vim pedir remoção:
é porque tem menos trabalho
que quero vir para Santo Amaro;
aqui ao menos há mais gente

para atender a freguesia,
   para botar a caixa cheia
   dentro da caixa vazia.
— E que disse o Administrador,
   se é que te deu ouvido?
— Que quando apareça a ocasião
   atenderá meu pedido.
— E do senhor Administrador
   isso foi tudo que arrancaste?
— No de Casa Amarela me deixou,
   mas me mudou de arrabalde.
— E onde vais trabalhar agora,
   qual o subúrbio que te cabe?
— Passo para o dos industriários,
   que é também o dos ferroviários,
   de todos os rodoviários
   e praças de pré dos comerciários.
— Passas para o dos operários,
   deixas o dos pobres vários;
   melhor: não são tão contagiosos
   e são muito menos numerosos.
— É, deixo o subúrbio dos indigentes,
   onde se enterra toda essa gente
   que o rio afoga na preamar
   e sufoca na baixa-mar.
— É a gente sem instituto,
   gente de braços devolutos;
   são os que jamais usam luto
   e se enterram sem salvo-conduto.
— É a gente dos enterros gratuitos
   e dos defuntos ininterruptos.

— É a gente retirante
   que vem do Sertão de longe.
— Desenrolam todo o barbante
   e chegam aqui na jante.
— E que então, ao chegar,
   não têm mais o que esperar.
— Não podem continuar
   pois têm pela frente o mar.
— Não têm onde trabalhar
   e muito menos onde morar.
— E da maneira em que está
   não vão ter onde se enterrar.
— Eu também, antigamente,
   fui do subúrbio dos indigentes,
   e uma coisa notei
   que jamais entenderei:
   essa gente do Sertão
   que desce para o litoral, sem razão,
   fica vivendo no meio da lama,
   comendo os siris que apanha;
   pois bem: quando sua morte chega,
   temos que enterrá-los em terra seca.
— Na verdade, seria mais rápido
   e também muito mais barato
   que os sacudissem de qualquer ponte
   dentro do rio e da morte.
— O rio daria a mortalha
   e até um macio caixão de água;
   e também o acompanhamento
   que levaria com passo lento
   o defunto ao enterro final

a ser feito no mar de sal.
— E não precisava dinheiro,
e não precisava coveiro,
e não precisava oração
e não precisava inscrição.
— Mas o que se vê não é isso:
é sempre nosso serviço
crescendo mais cada dia;
morre gente que nem vivia.
— E esse povo de lá de riba
de Pernambuco, da Paraíba,
que vem buscar no Recife
poder morrer de velhice,
encontra só, aqui chegando,
cemitério esperando.
— Não é viagem o que fazem
vindo por essas caatingas, vargens;
aí está o seu erro:
vêm é seguindo seu próprio enterro.

O retirante aproxima-se de um
dos cais do Capibaribe

— Nunca esperei muita coisa,
é preciso que eu repita.
Sabia que no rosário
de cidades e de vilas,
e mesmo aqui no Recife
ao acabar minha descida,
não seria diferente
a vida de cada dia:

que sempre pás e enxadas
foices de corte e capina,
ferros de cova, estrovengas
o meu braço esperariam.
Mas que se este não mudasse
seu uso de toda vida,
esperei, devo dizer,
que ao menos aumentaria
na quartinha, a água pouca,
dentro da cuia, a farinha,
o algodãozinho da camisa,
ou meu aluguel com a vida.
E chegando, aprendo que,
nessa viagem que eu fazia,
sem saber desde o Sertão,
meu próprio enterro eu seguia.
Só que devo ter chegado
adiantado de uns dias;
o enterro espera na porta:
o morto ainda está com vida.
A solução é apressar
a morte a que se decida
e pedir a este rio,
que vem também lá de cima,
que me faça aquele enterro
que o coveiro descrevia:
caixão macio de lama,
mortalha macia e líquida,
coroas de baronesa
junto com flores de aninga,
e aquele acompanhamento

de água que sempre desfila
(que o rio, aqui no Recife,
não seca, vai toda a vida).

Aproxima-se do retirante o morador
de um dos mocambos que existem
entre o cais e a água do rio

— Seu José, mestre carpina,
que habita este lamaçal,
sabes me dizer se o rio
a esta altura dá vau?
sabe me dizer se é funda
esta água grossa e carnal?
— Severino, retirante,
jamais o cruzei a nado;
quando a maré está cheia
vejo passar muitos barcos,
barcaças, alvarengas,
muitas de grande calado.
— Seu José, mestre carpina,
para cobrir corpo de homem
não é preciso muita água:
basta que chega o abdome,
basta que tenha fundura
igual à de sua fome.
— Severino, retirante,
pois não sei o que lhe conte;
sempre que cruzo este rio
costumo tomar a ponte;
quanto ao vazio do estômago,

se cruza quando se come.
— Seu José, mestre carpina,
e quando ponte não há?
quando os vazios da fome
não se tem com que cruzar?
quando esses rios sem água
são grandes braços de mar?
— Severino, retirante,
o meu amigo é bem moço;
sei que a miséria é mar largo,
não é como qualquer poço:
mas sei que para cruzá-la
vale bem qualquer esforço.
— Seu José, mestre carpina,
e quando é fundo o perau?
quando a força que morreu
nem tem onde se enterrar,
por que ao puxão das águas
não é melhor se entregar?
— Severino, retirante,
o mar de nossa conversa
precisa ser combatido,
sempre, de qualquer maneira,
porque senão ele alarga
e devasta a terra inteira.
— Seu José, mestre carpina,
e em que nos faz diferença
que como frieira se alastre,
ou como rio na cheia,
se acabamos naufragados
num braço do mar miséria?

— Severino, retirante,
muita diferença faz
entre lutar com as mãos
e abandoná-las para trás,
porque ao menos esse mar
não pode adiantar-se mais.
— Seu José, mestre carpina,
e que diferença faz
que esse oceano vazio
cresça ou não seus cabedais,
se nenhuma ponte mesmo
é de vencê-lo capaz?
— Seu José, mestre carpina,
que lhe pergunte permita:
há muito no lamaçal
apodrece a sua vida?
e a vida que tem vivido
foi sempre comprada à vista?
— Severino, retirante,
sou de Nazaré da Mata,
mas tanto lá como aqui
jamais me fiaram nada:
a vida de cada dia
cada dia hei de comprá-la.
— Seu José, mestre carpina,
e que interesse, me diga,
há nessa vida a retalho
que é cada dia adquirida?
espera poder um dia
comprá-la em grandes partidas?
— Severino, retirante,
não sei bem o que lhe diga:

    não é que espere comprar
    em grosso de tais partidas,
    mas o que compro a retalho
    é, de qualquer forma, vida.
— Seu José, mestre carpina,
    que diferença faria
    se em vez de continuar
    tomasse a melhor saída:
    a de saltar, numa noite,
    fora da ponte e da vida?

Uma mulher, da porta de onde saiu
o homem, anuncia-lhe o que se verá

— Compadre José, compadre,
    que na relva estais deitado:
    conversais e não sabeis
    que vosso filho é chegado?
    Estais aí conversando
    em vossa prosa entretida:
    não sabeis que vosso filho
    saltou para dentro da vida?
    Saltou para dentro da vida
    ao dar o primeiro grito;
    e estais aí conversando
    pois sabei que ele é nascido.

Aparecem e se aproximam da casa do homem
vizinhos, amigos, duas ciganas etc.

— Todo o céu e a terra
    lhe cantam louvor.

    Foi por ele que a maré
    esta noite não baixou.
— Foi por ele que a maré
    fez parar o seu motor:
    a lama ficou coberta
    e o mau cheiro não voou.
— E a alfazema do sargaço,
    ácida, desinfetante,
    veio varrer nossas ruas
    enviada do mar distante.
— E a língua seca de esponja
    que tem o vento terral
    veio enxugar a umidade
    do encharcado lamaçal.
— Todo o céu e a terra
    lhe cantam louvor
    e cada casa se torna
    num mocambo sedutor.
— Cada casebre se torna
    no mocambo modelar
    que tanto celebram os
    sociólogos do lugar.
— E a banda de maruins
    que toda noite se ouvia
    por causa dele, esta noite,
    creio que não irradia.
— E este rio de água cega,
    ou baça, de comer terra,
    que jamais espelha o céu,
    hoje enfeitou-se de estrelas.

Começam a chegar pessoas trazendo
presentes para o recém-nascido

— Minha pobreza tal é
  que não trago presente grande:
  trago para a mãe caranguejos
  pescados por esses mangues;
  mamando leite de lama
  conservará nosso sangue.
— Minha pobreza tal é
  que coisa não posso ofertar:
  somente o leite que tenho
  para meu filho amamentar;
  aqui são todos irmãos,
  de leite, de lama, de ar.
— Minha pobreza tal é
  que não tenho presente melhor:
  trago papel de jornal
  para lhe servir de cobertor;
  cobrindo-se assim de letras
  vai um dia ser doutor.
— Minha pobreza tal é
  que não tenho presente caro:
  como não posso trazer
  um olho d'água de Lagoa do Carro,
  trago aqui água de Olinda,
  água da bica do Rosário.
— Minha pobreza tal é
  que grande coisa não trago:
  trago este canário da terra
  que canta corrido e de estalo.
— Minha pobreza tal é
  que minha oferta não é rica:

  trago daquela bolacha d'água
  que só em Paudalho se fabrica.
— Minha pobreza tal é
  que melhor presente não tem:
  dou este boneco de barro
  de Severino de Tracunhaém.
— Minha pobreza tal é
  que pouco tenho o que dar:
  dou da pitu que o pintor Monteiro
  fabricava em Gravatá.
— Trago abacaxi de Goiana
  e de todo o Estado rolete de cana.
— Eis ostras chegadas agora,
  apanhadas no cais da Aurora.
— Eis tamarindos da Jaqueira
  e jaca da Tamarineira.
— Mangabas do Cajueiro
  e cajus da Mangabeira.
— Peixe pescado no Passarinho,
  carne de boi dos Peixinhos.
— Siris apanhados no lamaçal
  que já no avesso da rua Imperial.
— Mangas compradas nos quintais ricos
  do Espinheiro e dos Aflitos.
— Goiamuns dados pela gente pobre
  da Avenida Sul e da Avenida Norte.

Falam as duas ciganas que haviam aparecido com os vizinhos

— Atenção peço, senhores,
  para esta breve leitura:

somos ciganas do Egito,
lemos a sorte futura.
Vou dizer todas as coisas
que desde já posso ver
na vida desse menino
acabado de nascer:
aprenderá a engatinhar
por aí, com aratus,
aprenderá a caminhar
na lama, como goiamuns,
e a correr o ensinarão
os anfíbios caranguejos,
pelo que será anfíbio
como a gente daqui mesmo.
Cedo aprenderá a caçar:
primeiro, com as galinhas,
que é catando pelo chão
tudo o que cheira a comida;
depois, aprenderá com
outras espécies de bichos:
com os porcos nos monturos,
com os cachorros no lixo.
Vejo-o, uns anos mais tarde,
na ilha do Maruim,
vestido negro de lama,
voltar de pescar siris;
e vejo-o, ainda maior,
pelo imenso lamarão
fazendo dos dedos iscas
para pescar camarão.
— Atenção peço, senhores,

também para minha leitura:
também venho dos Egitos,
vou completar a figura.
Outras coisas que estou vendo
é necessário que eu diga:
não ficará a pescar
de jereré toda a vida.
Minha amiga se esqueceu
de dizer todas as linhas;
não pensem que a vida dele
há de ser sempre daninha.
Enxergo daqui a planura
que é a vida do homem de ofício,
bem mais sadia que os mangues,
tenha embora precipícios.
Não o vejo dentro dos mangues,
vejo-o dentro de uma fábrica:
se está negro não é lama,
é graxa de sua máquina,
coisa mais limpa que a lama
do pescador de maré
que vemos aqui, vestido
de lama da cara ao pé.
E mais: para que não pensem
que em sua vida tudo é triste,
vejo coisa que o trabalho
talvez até lhe conquiste:
que é mudar-se destes mangues
daqui do Capibaribe
para um mocambo melhor
nos mangues do Beberibe.

Falam os vizinhos, amigos, pessoas
que vieram com presentes etc.

— De sua formosura
 já venho dizer:
 é um menino magro,
 de muito peso não é,
 mas tem o peso de homem,
 de obra de ventre de mulher.
— De sua formosura
 deixai-me que diga:
 é uma criança pálida,
 é uma criança franzina,
 mas tem a marca de homem,
 marca de humana oficina.
— Sua formosura
 deixai-me que cante:
 é um menino guenzo
 como todos os desses mangues,
 mas a máquina de homem
 já bate nele, incessante.
— Sua formosura
 eis aqui descrita:
 é uma criança pequena,
 enclenque e setemesinha,
 mas as mãos que criam coisas
 nas suas já se adivinha.
— De sua formosura
 deixai-me que diga:
 é belo como o coqueiro
 que vence a areia marinha.
— De sua formosura

deixai-me que diga:
   belo como o avelós
   contra o Agreste de cinza.
— De sua formosura
   deixai-me que diga:
   belo como a palmatória
   na caatinga sem saliva.
— De sua formosura
   deixai-me que diga:
   é tão belo como um sim
   numa sala negativa.
— É tão belo como a soca
   que o canavial multiplica.
— Belo porque é uma porta
   abrindo-se em mais saídas.
— Belo como a última onda
   que o fim do mar sempre adia.
— E tão belo como as ondas
   em sua adição infinita.
— Belo porque tem do novo
   a surpresa e a alegria.
— Belo como a coisa nova
   na prateleira até então vazia.
— Como qualquer coisa nova
   inaugurando o seu dia.
— Ou como o caderno novo
   quando a gente o principia.
— E belo porque o novo
   todo o velho contagia.
— Belo porque corrompe
   com sangue novo a anemia.

— Infecciona a miséria
 com vida nova e sadia.
— Com oásis, o deserto,
 com ventos, a calmaria.

O carpina fala com o retirante que esteve
de fora, sem tomar parte em nada

— Severino, retirante,
 deixe agora que lhe diga:
 eu não sei bem a resposta
 da pergunta que fazia,
 se não vale mais saltar
 fora da ponte e da vida;
 nem conheço essa resposta,
 se quer mesmo que lhe diga;
 é difícil defender,
 só com palavras, a vida,
 ainda mais quando ela é
 esta que vê, severina;
 mas se responder não pude
 à pergunta que fazia,
 ela, a vida, a respondeu
 com sua presença viva.
 E não há melhor resposta
 que o espetáculo da vida:
 vê-la desfiar seu fio,
 que também se chama vida,
 ver a fábrica que ela mesma,
 teimosamente, se fabrica,
 vê-la brotar como há pouco

em nova vida explodida;
mesmo quando é assim pequena
a explosão, como a ocorrida;
mesmo quando é uma explosão
como a de há pouco, franzina;
mesmo quando é a explosão
de uma vida severina.

Poema(s) da cabra

(Nas margens do Mediterrâneo
não se vê um palmo de terra
que a terra tivesse esquecido
de fazer converter em pedra.

Nas margens do Mediterrâneo
Não se vê um palmo de pedra
que a pedra tivesse esquecido
de ocupar com sua fera.

Ali, onde nenhuma linha
pode lembrar, porque mais doce,
o que até chega a parecer
suave serra de uma foice,

não se vê um palmo de terra,
por mais pedra ou fera que seja,
que a cabra não tenha ocupado
com sua planta fibrosa e negra.)

1

A cabra é negra. Mas seu negro
não é o negro do ébano douto
(que é quase azul) ou o negro rico
do jacarandá (mais bem roxo).

O negro da cabra é o negro
do preto, do pobre, do pouco.
Negro da poeira, que é cinzento.
Negro da ferrugem, que é fosco.

Negro do feio, às vezes branco.
Ou o negro do pardo, que é pardo.
Disso que não chega a ter cor
ou perdeu toda cor no gasto.

É o negro da segunda classe.
Do inferior (que é sempre opaco).
Disso que não pode ter cor
porque em negro sai *mais barato*.

2

Se o negro quer dizer noturno,
o negro da cabra é solar.
Não é o da cabra o negro noite.
É o negro de sol. Luminar.

Será o negro do queimado
mais que o negro da escuridão.
Negra é do sol que acumulou.
É o negro mais bem do carvão.

Não é o negro do macabro.
Negro funeral. Nem do luto.
Tampouco é o negro do mistério,
de braços cruzados, eunuco.

É mesmo o negro do carvão.
O negro da hulha. Do coque.
Negro que pode haver na pólvora:
negro de vida, não de morte.

3

O negro da cabra é o negro
da natureza dela cabra.
Mesmo dessa que não é negra,
como a do Moxotó, que é clara.

O negro é o duro que há no fundo
da cabra. De seu natural.
Tal no fundo da terra há pedra,
no fundo da pedra, metal.

O negro é o duro que há no fundo
da natureza sem orvalho
que é a da cabra, esse animal
sem folhas, só raiz e talo,

que é a da cabra, esse animal
de alma-caroço, de alma córnea,
sem moelas, úmidos, lábios,
pão sem miolo, *apenas côdea*.

4

Quem já encontrou uma cabra
que tivesse ritmos domésticos?

O grosso derrame do porco,
da vaca, de sono e de tédio?

Quem encontrou cabra que fosse
animal de sociedade?
Tal o cão, o gato, o cavalo,
diletos do homem e da arte?

A cabra guarda todo o arisco,
rebelde, do animal selvagem,
viva demais que é para ser
animal dos de luxo ou pajem.

Viva demais para não ser,
quando colaboracionista,
o reduzido irredutível,
o *inconformado conformista*.

5

A cabra é o melhor instrumento
de verrumar a terra magra.
Por dentro da serra e da seca
nada chega onde chega a cabra.

Se a serra é terra, a cabra é pedra.
Se a serra é pedra, é pedernal.
Sua boca é sempre mais dura
que a serra, não importa qual.

A cabra tem o dente frio,
a insolência do que mastiga.
Por isso o homem vive da cabra
mas sempre a vê como inimiga.

Por isso quem vive da cabra
e não é capaz do seu braço
desconfia sempre da cabra:
diz que tem *parte com o Diabo*.

6

Não é pelo vício da pedra,
por preferir a pedra à folha.
É que a cabra é expulsa do verde,
trancada do lado de fora.

A cabra é trancada por dentro.
Condenada à caatinga seca.
Liberta, no vasto sem nada,
proibida, na verdura estreita.

Leva no pescoço uma canga
que a impede de furar as cercas.
Leva os muros do próprio cárcere:
prisioneira e carcereira.

Liberdade de fome e sede
da ambulante prisioneira.
Não é que ela busque o difícil:
é que a sabem *capaz de pedra*.

7

A vida da cabra não deixa
lazer para ser fina ou lírica
(tal o urubu, que em doces linhas
voa à procura da carniça).

Vive a cabra contra a pendente,
sem os êxtases das descidas.
Viver para a cabra não é
re-ruminar-se introspectiva.

É, literalmente, cavar
a vida sob a superfície,
que a cabra, proibida de folhas,
tem de desentranhar raízes.

Eis por que é a cabra grosseira,
de mãos ásperas, realista.
Eis por que, mesmo ruminando,
não é *jamais contemplativa*.

8

Um núcleo de cabra é visível
por debaixo de muitas coisas.
Com a natureza da cabra
outras aprendem sua crosta.

Um núcleo de cabra é visível
em certos atributos roucos
que têm as coisas obrigadas
a fazer de seu corpo couro.

A fazer de seu couro sola,
a armar-se em couraças, escamas:
como se dá com certas coisas
e muitas condições humanas.

Os jumentos são animais
que muito aprenderam da cabra.
O nordestino, convivendo-a,
fez-se de sua *mesma casta*.

9

O núcleo da cabra é visível
debaixo do homem do Nordeste.
Da cabra lhe vem o escarpado
e o estofo nervudo que o enche.

Se adivinha o núcleo de cabra
no jeito de existir, Cardozo,
que reponta sob seu gesto
como esqueleto sob o corpo.

E é outra ossatura mais forte
que o esqueleto comum, de todos;
debaixo do próprio esqueleto,
no fundo centro de seus ossos.

A cabra deu ao nordestino
esse esqueleto mais de dentro:
o *aço do osso*, que resiste
quando o osso perde seu cimento.

*

(O Mediterrâneo é mar clássico,
com águas de mármore azul.

Em nada me lembra das águas
sem marca do rio Pajeú.

As ondas do Mediterrâneo
estão no mármore traçadas.
Nos rios do Sertão, se existe,
a água corre despenteada.

As margens do Mediterrâneo
parecem deserto balcão.
Deserto, mas de terras nobres
não da piçarra do Sertão.

Mas não minto o Mediterrâneo
nem sua atmosfera maior
descrevendo-lhe as cabras negras
em termos das do Moxotó.)

Congresso no Polígono das Secas

(ritmo senador; sotaque sulista)

1

— Cemitérios gerais
   onde não estão só os mortos.
— Eles são muito mais completos
   do que todos os outros.
— Que não são só depósito
   da vida que recebem, morta.
— Mas cemitérios que produzem
   e nem mortos importam.
— Eles mesmos transformam
   a matéria-prima que têm.
— Trabalham-na em todas as fases,
   do campo aos armazéns.
— Cemitérios autárquicos,
   se bastando em todas as fases.
— São eles mesmos que produzem
   os defuntos que jazem.

5

— Cemitérios gerais
   onde não é possível que se ache
   o que é de todo cemitério:
   os mármores em arte.

— Nem mesmo podem ser
inspiração para os artistas,
estes cemitérios sem vida,
frios, de estatística.
— Sem muito, podem ser
tema para as artes retóricas,
que os celebram porém do Sul,
longe da tumba toda.
— Isto é, para a retórica
de câmara (câmara política)
que se exercita humanizando
estes mortos de cifra.

9

— Cemitérios gerais
onde não se guardam os mortos
ao alcance da mão, ao pé,
à beira de seu dono.
— Neles não há gavetas
em que, ao alcance do corpo,
se capitalizam os resíduos
possíveis de um morto.
— A todos os defuntos
logo o Sertão desapropria,
pois não quer defuntos privados
o Sertão coletivista.
— E assim não reconhece
o direito a túmulos estanques,
mas socializa seus defuntos
numa só tumba grande.

13

— Cemitérios gerais
 onde não cabe fazer cercas.
— Nenhum revezo caberia
 o que dentro devera.
— Onde o morto não é,
 só, o homem morto, o defunto.
— De mortos muito mais gerais,
 bichos, plantas, tudo.
— De mortos tão gerais
 que não se pode apartação.
— O jeito é mesmo consagrar
 cemitério a região.
— Assim há cemitério
 que a tudo aqui morto comporte.
— Consagrar tudo um cemitério
 é tudo o que se pode.

2

— Nestes cemitérios gerais
 não há a morte excesso.
— Ela não dá ao morto
 maior volume nem mais peso.
— A morte aqui não é bagagem
 nem excesso de carga.
— Aqui, ela é o vazio
 que faz com que se murche a saca.
— Que esvazia mais uma saca
 aliás nunca plena.

— Ela esvazia o morto,
  a morte aqui jamais o emprenha.
— A morte aqui não indigesta,
  mais bem, é morte azia.
— É o que come por dentro
  o invólucro que nada envolvia.

6

— Nestes cemitérios gerais
  não há a morte gosto,
  táctil, sensorial,
  com aura, ar de banho morno.
— Certo bafo que banha os vivos
  em volta da banheira,
  dentro da qual o morto
  banha na sua auréola espessa.
— A morte aqui é ao ar livre,
  seca, sem o ressaibo
  natural noutras mortes
  e no sabor de Rilke ou de cravo.
— Ela não é nunca a presença
  travosa de um defunto,
  sim morte escancarada,
  sem mistério, sem nada fundo.

10

— Nestes cemitérios gerais
  não há morte isolada,
  mas a morte por ondas
  para certas classes convocadas.

— Nunca ela vem para um só morto,
  mas sempre para a classe,
  assim como o serviço
  nas circunscrições militares.
— Há classes numerosas, como
  a de Setenta-e-sete,
  mas sempre cada ano
  o recrutamento se repete.
— E grande ou não, a nova classe,
  designada pelo ano,
  segue para a milícia
  de onde ninguém se viu voltando.

14

— Nestes cemitérios gerais
  não há morte pessoal.
— Nenhum morto se viu
  com modelo seu, especial.
— Vão todos com a morte padrão,
  em série fabricada.
— Morte que não se escolhe
  e aqui é fornecida de graça.
— Que acaba sempre por se impor
  sobre a que já medrasse.
— Vence a que, mais pessoal,
  alguém já trouxesse na carne.
— Mas afinal tem suas vantagens
  esta morte em série.
— Faz defuntos funcionais,
  próprios a uma terra sem vermes.

3

— Nestes cemitérios gerais
os mortos não variam nada.
— É como se morrendo
nascessem de uma raça.
— Todos estes mortos parece
que são irmãos, é o mesmo porte.
— Se não da mesma mãe,
irmãos da mesma morte.
— E mais ainda: que irmãos gêmeos,
do molde igual do mesmo ovário.
— Concebidos durante
a mesma seca-parto.
— Todos filhos da morte-mãe,
ou mãe-morte, que é mais exato.
— De qualquer forma, todos
gêmeos, e mortinatos.

7

— Nestes cemitérios gerais
os mortos não têm o alinho
de vestir-se a rigor
ou mesmo de domingo.
— Os mortos daqui vão despidos
e não só de roupa correta,
mas de todas as outras,
mínimas, etiquetas.
— Daquelas poucas que se exigem
para se entrar em tal serão,
mortalha, para todos,

    e rede, aos sem caixão.
— Por isso é que sobram de fora,
    sem entrar nos salões da terra,
    entre pedras, gravetos,
    no sereno da festa.

11

— Nestes cemitérios gerais
    os mortos não têm esse ar
    pisado, que uma dor
    deixa atrás, ao passar.
— Ou o ar inteligente, irônico,
    que muitos têm, de ter descoberto
    o que só eles veem
    e não dizem, discretos.
— Eis um defunto nada humano,
    que nem lembra um homem, se o foi,
    e no qual nada mostra
    se a morte doeu, ou dói.
— Se lembra algo, lembra é as pedras,
    essas de ar não inteligente,
    as pedras que não lembram
    nada de bicho ou gente.

15

— Nestes cemitérios gerais
    os mortos não mostram surpresa.
— A morte para eles
    foi coisa rotineira.
— Nenhum tem o ar de ter morrido

em instantâneo ou guilhotina.
— Porém de um sono lento
  que adorme, não fulmina.
— Em nenhum deles há as posturas
  desses que morrem sob protesto.
— É sempre a mesma pose,
  sem nenhum grito, gesto.
— Entre eles, gestos de eloquência
  não se veem nunca, quando a morte.
— Todos morrem em prosa,
  como foram, ou dormem.

4

— Cemitérios gerais
  que não exibem restos.
— Tão sem ossos que até parece
  que cachorros passaram perto.
— De mortos restam só
  pouquíssimos sinais.
— Muito menos do que se espera
  com a propaganda que se faz.
— Como que os cemitérios
  roem seus próprios mortos.
— É como se, como um cachorro,
  após roer, cobrissem os ossos.
— Eis por que eles são
  para o turista um logro.
— Se pensa: não pensei que a morte
  houvesse desfeito tão poucos.

8

— Cemitérios gerais
que os restos não largam
até que os tenham trabalhado
com sua parcial matemática.
— E terem dividido
o resto pelo nada,
e então restado do que resta
a pouca coisa que restava.
— Aqui, toda aritmética
dá o resultado nada,
pois dividir e subtrair
são as operações empregadas,
— E quando alguma coisa
é aqui multiplicada
será sempre para elevar
o resto à potência do nada.

12

— Cemitérios gerais
que dos restos não cuidam
nem fazem prorrogar a vida
ainda nos mortos, porventura.
— E cujos restos são
de defuntos defuntos,
por falta de folhas, formigas,
para prolongar seu circuito.
— Nem conhecem a fase,
prima, da podridão,
em que os defuntos se projetam,

quando nada, em exalação.
— Só restos minerais,
  infecundos, calcários,
  se encontram nestes cemitérios,
  menos cemitérios que ossários.

16

— Cemitérios gerais
  que não toleram restos.
— Nem mesmo um pouco que se possa
  encomendar ao céu ou ao inferno.
— Eles, todos os restos
  da mesma forma tratam.
— Talvez porque os mortos que têm
  não tenham tal resíduo, a alma.
— Talvez porque esta tem
  consistência mais rala.
— E seja no ar fácil sorvida
  como uma gota em outra de água.
— Não há é por que usar,
  aqui, a imagem da água.
— Melhor dizer: como uma gota
  de nada em outra de nada.

O sertanejo falando

A fala a nível do sertanejo engana:
as palavras dele vêm, como rebuçadas
(palavras confeito, pílula), na glace
de uma entonação lisa, de adocicada.
Enquanto que sob ela, dura e endurece
o caroço de pedra, a amêndoa pétrea,
dessa árvore pedrenta (o sertanejo)
incapaz de não se expressar em pedra.

2

Daí por que o sertanejo fala pouco:
as palavras de pedra ulceram a boca
e no idioma pedra se fala doloroso;
o natural desse idioma fala à força.
Daí também por que ele fala devagar:
tem de pegar as palavras com cuidado,
confeitá-las na língua, rebuçá-las;
pois toma tempo todo esse trabalho.

A educação pela pedra

Uma educação pela pedra: por lições;
para aprender da pedra, frequentá-la;
captar sua voz inenfática, impessoal
(pela de dicção ela começa as aulas).
A lição de moral, sua resistência fria
ao que flui e a fluir, a ser maleada;
a de poética, sua carnadura concreta;
a de economia, seu adensar-se compacta:
lições da pedra (de fora para dentro,
cartilha muda), para quem soletrá-la.

*

Outra educação pela pedra: no Sertão
(de dentro para fora, e pré-didática).
No Sertão a pedra não sabe lecionar,
e, se lecionasse, não ensinaria nada;
lá não se aprende a pedra: lá a pedra,
uma pedra de nascença, entranha a alma.

Tecendo a manhã

Um galo sozinho não tece uma manhã:
ele precisará sempre de outros galos.
De um que apanhe esse grito que ele
e o lance a outro; de um outro galo
que apanhe o grito que um galo antes
e o lance a outro; e de outros galos
que com muitos outros galos se cruzem
os fios de sol de seus gritos de galo,
para que a manhã, desde uma teia tênue,
se vá tecendo, entre todos os galos.

2

E se encorpando em tela, entre todos,
se erguendo tenda, onde entrem todos,
se entretendendo para todos, no toldo
(a manhã) que plana livre de armação.
A manhã, toldo de um tecido tão aéreo
que, tecido, se eleva por si: luz balão.

Comendadores jantando

A Frei Benevenuto Santa Cruz

Assentados, mais fundo que sentados,
eles sentam sobre as supercadeiras:
cadeiras com patas, mais que pernas,
e de pau d'aço, um que não manqueja.
Se assentam tão fundo e fundadamente
que, mais do que sentados em cadeiras,
eles parecem assentados, com cimento,
sobre as fundações das próprias igrejas.

2

Assentados fundo, ou fundassentados,
à prova de qualquer abalo e falência,
se centram no problema circunscrito
que o prato de cada um lhe apresenta;
se centram atentos na questão prato,
atenção ao mesmo tempo acesa e cega,
tão em ponta que o talher se contagia
e que a prata inemocional se retesa.
Então, fazem lembrar os do anatomista
o método e os modos deles nessa mesa:
contudo, eles consomem o que dissecam
(daí se aguçarem em ponta, em vespa);
o prato deu soluções, não problemas,
e tanta atenção só visa a evitar perdas:
no consumir das questões pré-cozidas
que demandam das cozinhas e igrejas.

Auto do frade

Poema para vozes

A meus filhos

*"I salute you and I say I am not displeased I am not pleased,
I am not pleased I am not displeased."*
Gertrude Stein

Na cela

O PROVINCIAL E O CARCEREIRO:
— Dorme.
— Dorme como se não fosse com ele.
— Dorme como uma criança dorme.
— Dorme como em pouco, morto, vai dormir.
— Ignora todo esse circo lá embaixo.
— Não é circo. É a lei que monta o espetáculo.
— Dorme. No mais fundo do poço onde se dorme.
— Já terá tempo de dormir: a morte inteira.
— Não se dorme na morte. Não é sono.
— Não é sono. E não terá, como agora, quem o acorde.
— Que durma ainda. Não tem hora marcada.
— Mas é preciso acordá-lo. Já há gente para o espe-
[táculo.
— Então, batamos mais forte na porta.
— Como dorme. Mais do que dormindo estará mouco.
— Ainda uma vez.
— Melhor disparar um canhão perto da porta.
— Batamos, outra vez ainda.

— Melhor arrombar a porta. Sacudi-lo.
— Dorme fundo como um morto.
— Mas está vivo. Vamos ressuscitá-lo.
— Deste sono ainda pode ser ressuscitado.
— Deste sono, sim. Do outro, nem que ponham a porta abaixo.
— Está dormindo como um santo.
— Santo não dorme. Os santos são é moucos. Mas têm os olhos bem abertos. Vi na igreja.

Na porta da cadeia

O MEIRINHO:
— *Vai ser executada a sentença de morte natural na forca, proferida contra o réu Joaquim do Amor Divino Rabelo, Caneca.*

O CLERO:
— Vejo que foi obedecido
 à risca o cerimonial.
— Primeiro, eis as tropas de linha,
 de porte espigado, marcial.
— Depois, as gentes da justiça
 e suas roupas de funeral.
— Depois, irmãos da Santa Casa
 com sua compunção clerical.
— E afinal, nós outros do Clero,
 que conhecemos o ritual.
— Noto apenas é que o Juiz
 que na execução capital
 é mais importante que o réu,

  é até sua figura central,
  não tenha aparecido aqui,
  tão pontual que é no Tribunal.

A GENTE NAS CALÇADAS:
— Se já está morto. Se não dorme.
  Sua cela é escura como um poço.
— Pintada de negro, de alcatrão:
  está cego e surdo como morto.
— Não está tão morto. Terá sonhos.
  Não há alcatrão dentro do corpo.
— Na cela de negro alcatrão
  há a luz dos ossos em depósito.
— Veio do século das luzes,
  para uma luz de branco de osso.
— Má para as lições de geometria.
  Lá guardam as caveiras de mil mortos.
— Da luz branca que os ossos guardam
  lhe chega todo o reconforto.
— Mas para ver a própria mão
  a luz pouca de ossos é pouco.

A TROPA:
— Diz-que ele ainda está dormindo,
  como criança quando dorme.
— Enquanto ele estiver dormindo,
  sofrerá dos pés quem mais sofre.
— Da morte estará bem mais perto
  quanto mais tarde o réu acorde.
— Diz-que uma lei do Imperador,
  que vai chegar lhe muda a sorte.
— Não sei que esperar desse lado,

não há navio que hoje aporte.
— Terá sido o sono mais fundo
   de sua vida viva e insone.
— O sol já subiu bastante alto,
   sem que isso a seu sono lhe importe.
— Que sol entra na cela negra?
   Lá se dorme como quem morre.

A GENTE NAS CALÇADAS:
— O ataúde que lhe preparam
   é mais estreito que sua cela.
— Sepultura de sete palmos,
   não se poderá andar nela.
— Como pôde existir imóvel
   quem tem a cabeça inquieta?
— Não estranhará a sepultura
   quem pôde existir nessa cela.
— Pôde ver o negro da morte
   durante o tempo da cadeia.
— Um capuchinho, na cadeia,
   quis falar da morte que o espera.
— Mandou embora o capuchinho,
   da porta (não tinha janela).
— Quando a morte, daqui a pouco,
   não lhe dará qualquer surpresa.

A JUSTIÇA:
— Não estamos todos aqui?
— Só noto a ausência do juiz.
— Por que não chega? Já é tarde.
— O sol, todo aceso, já arde.

— A Taborda, como está longe.
— A mais de três gritos deste onde.
— Andar no sol todo o caminho,
nem para um banho nos Peixinhos.
— Bem pior do que ir de procissão:
de tarde o sol amansa o cão.
— Por que não apressam o juiz?
— Já o chamaram. Mas não quis vir.
— Não quis vir, não: não o encontraram
e a ninguém da raça de juiz.
— Nem o próprio, o Ouvidor de Olinda,
nem nenhum vem cá presidir.

FREI CANECA:
— Acordo fora de mim
como há tempos não fazia.
Acordo claro, de todo,
acordo com toda a vida,
com todos cinco sentidos
e sobretudo com a vista
que dentro dessa prisão
para mim não existia.
Acordo fora de mim:
como fora nada eu via,
ficava dentro de mim
como vida apodrecida.
Acordar não é de dentro,
acordar é ter saída.
Acordar é reacordar-se
ao que em nosso redor gira.
Mesmo quando alguém acorda

para um fiapo de vida,
como o que tanto aparato
que me cerca me anuncia:
esse bosque de espingardas
mudas, mas logo assassinas,
sempre à espera dessa voz
que autorize o que é sua sina,
esses padres que as invejam
por serem mais efetivas
que os sermões que passam largo
dos infernos que anunciam.
Essas coisas ao redor
sim me acordam para a vida,
embora somente um fio
me reste de vida e dia.
Essas coisas me situam
e também me dão saída;
ao vê-las me vejo nelas,
me completam, convividas.
Não é o inerte acordar
na cela negra e vazia:
  lá não podia dizer
  quando velava ou dormia.

O MEIRINHO:
— *Vai ser executada a sentença de morte natural na forca, proferida contra o réu Joaquim do Amor Divino Rabelo, Caneca.*

A JUSTIÇA:
— O juiz não virá: partiu
  na sua visita trimestral

para correr os dez partidos
   de seu imenso canavial.
— Canavial de muitas sesmarias
   que, para corrê-lo em total,
   se precisa de muitas viagens
   em lombo de escravo ou animal.
— Algo é suspeito em tudo isso,
   tratando-se de homem tão pontual.
   Ao corregedor cabe julgá-lo:
   quem sabe é um monstro liberal.
— Talvez como é tão importante
   (numa execução é central),
   receia que confundam o réu
   com seu meritíssimo animal.

A GENTE NAS CALÇADAS:
— Ei-lo chega, como se nada,
   como se não fosse o condenado.
— Ei-lo que vem lavado e leve,
   como ia ao Convento do Carmo.
— Quando ia ditar sua geometria.
— Ou fosse à redação do diário.
— Agora vai levado à forca.
— Diziam que ensinava o diabo.
— Na sua boca tudo é claro,
   como é claro o dois e dois quatro.
— Ei-lo que vem descendo a escada,
   degrau a degrau. Como vem calmo.
— Crê no mundo, e quis consertá-lo.
— E ainda crê, já condenado?
— Sabe que não o consertará.
— Mas que virão para imitá-lo.

A TROPA:
— O que estamos fazendo aqui,
   de pé e à espera qual cavalos?
— Qual cavalos atraímos moscas,
   as moscas de nossos cavalos.
— As moscas não estão saciadas,
   vêm dos cavalos para os soldados.
— Caíram todas sobre nós,
   e os cavalos foram poupados.
— Ficar de pé sem ter por quê
   é dos cavalos e soldados.
— Mas os cavalos têm ao menos
   para plantar-se quatro cascos.
— Nós não temos senão dois pés,
   e nenhum dos dois vai ferrado.
— Até quando aqui ficaremos,
   fazendo de cavalos, de asnos?

A GENTE NAS CALÇADAS:
— Por que essa corda no pescoço,
   como se ele fosse uma rês?
— Por que na corda vai tão manso,
   segue o caminho, assim cortês?
— A corda não serve de nada,
   não o arrasta nem o detém.
— É para mostrar que esse homem
   já foi homem, era uma vez.
— Essa corda é para mostrar
   que ele já é menos que gente.
— Não gente, mas bicho doméstico,
   que segue a corda humildemente.

— Fera não se amarra com corda.
  Querem mostrá-lo claramente.
— Não é essa a corda da forca.
  Querem que a prove, previamente.

O CLERO:
— Nós, que somos da Madre Igreja,
  por força seremos os últimos?
— Teremos de ir detrás de todos?
  Nossos direitos estão nulos?
— O réu já foi um de nós mesmos,
  não é mais, porque foi expulso.
— Por ele sequer rezaremos
  nenhum ofício de defunto.
— Nosso lugar seria à frente,
  como é prescrito pelo uso.
— Deviam prestigiar o clero
  e livrá-lo desses insultos.
— É uma forma de nos punir
  que aqui nos coloquem por último.
— Punir no clero qualquer frade
  levantadiço é mais que absurdo.

O MEIRINHO:
— *Vai ser executada a sentença de morte natural na forca, proferida contra o réu Joaquim do Amor Divino Rabelo, Caneca.*

Da cadeia à Igreja do Terço

A GENTE NAS CALÇADAS:
— Não se parece a este o cortejo
  de alguém a caminho da forca.

— Parece mais bem procissão,
  Governador que vem de fora.
— Que gente que veio na frente,
  bandeira, padres, gente de opa?
— São os irmãos da Santa Casa,
  que se diz da Misericórdia.
— Quem são os que passam depois
  de roupas sinistras mas várias?
— São os escrivães, mais os meirinhos:
  não abrem mão de suas toucas.
— Outros conheço de uniforme,
  são da milícia e são da tropa.
— Para que trazer tanta força
  contra um frade doente e sem forças?

UM OFICIAL:
— Que ninguém se aproxime dele.
  Ele é um réu condenado à morte.
  Foi contra Sua Majestade,
  contra a ordem, tudo que é nobre.
  Republicano, ele não quis
  obedecer ordens da Corte.
  Separatista, pretendeu
  dar o Norte à gente do Norte.
  Padre existe é para rezar
  pela alma, mas não contra a fome.
  Mesmo vestido como está,
  com essa batina de monge,
  para receber seu castigo
  é preciso que ele se assome.
  Que todo o cortejo avance!
  Temos que chegar ainda longe.

DOIS OFICIAIS:
— Este passo está muito lento.
   É de procissão, não de guerra.
— Vamos como podemos. Ninguém
   disse que o cortejo tem pressa.
— Nesse andar de frade jamais
   chegaremos às Cinco Pontas.
— Ao juiz cabia dar o ritmo.
   Porém não quis vir até a festa.
— Isto aqui não é procissão,
   não tem por que o andar de reza.
— Então o melhor é dizer isso
   a quem todo o cortejo regra.
— Andar como padre é dar vez
   à gente baixa, que protesta.
— Melhor pois que corra o cortejo,
   com passo de assalto, de guerra.

A GENTE NAS CALÇADAS:
— No centro, um santo sem andor
   caminhando, é um homem sereno.
— Andor sem andor, e esse santo
   pisando o empedrado terreno.
— Ele jamais aceitaria
   que alguém o carregasse em ombros.
— Na tão estranha procissão
   é o santo que anda, e anda aos tombos.
— Tudo tem de uma procissão
   sem cantoria e lausperene.
— Há mesmo tropas desfilando,
   que por dever o Santo prende.

— Levam-no como se levassem
algum bispo a missa solene.
— Este vai a outro altar-mor,
e seguido de mar de gente.

A GENTE NAS CALÇADAS:
— Ei-lo passa leve e lavado
como se fosse a uma lição.
— Vou pedir que me dê a bênção
e depois beijar sua mão.
— Não deixarão chegar onde ele,
há um eriçado paredão.
— Na procissão, está na cela,
pois não mudou sua condição.
— Só quem é grade da prisão
poderá falar-lhe: os soldados.
— Só quem faz muro de prisão
poderá ser abençoado.
— E só a gente que o leva à forca
verá de perto o enforcado.
— Mas não creio que a nenhum deles
interesse sequer tocá-lo.

O MEIRINHO:
— *Vai ser executada a sentença de morte natural na forca, proferida contra o réu Joaquim do Amor Divino Rabelo, Caneca.*

A GENTE NAS CALÇADAS:
— Na procissão que está passando
há muitas damas para um preso.
— Fácil tomarão sua bênção

se isso estiver nos seus desejos.
— Mas será somente por piedade
que alugam balcões no trajeto?
— Talvez seja até por piedade:
mas no Carnaval têm os mesmos.
— A procissão é um espetáculo
como o Carnaval mais aceso.
— Não há música, é bem verdade,
ainda não se inventou o frevo.
— Mas no cortejo que assistimos
há mais luxo do que respeito.
— Querem ver o réu, mas de cima,
é a atração pelo que faz medo.

A GENTE NAS CALÇADAS:
— Por que será que ele não fala,
nem diz nada sua boca muda?
— Senhor que ele foi das palavras,
não há uma só que hoje acuda.
— Contaram-me que na cadeia
lhe haviam arrancado a língua.
— Pois se ele pudesse falar,
tropa ou juiz, quem que o detinha?
— Cortaram-lhe a língua na cela
para que não se confessasse.
— Condenado que foi à forca,
que ao inferno se condenasse.
— Não fala porque lhe proibiram
na cela onde as caveiras limpas.
— Os muros que o tinham na cela
são agora essas togas, batinas.
— Lá não tinha com quem falar,
as paredes nem eco tinham.

FREI CANECA:
— Se é procissão que me fazem,
mudou muito a liturgia:
não vejo andor para o santo,
nem há nenhum santo à vista.
Vejo muita gente armada,
vejo só uma confraria.
E tudo é muito formal
para ser uma romaria.
Talvez seja só um enterro
em que o morto caminharia,
que não vai entre seis tábuas,
mas entre seis carabinas.
Irmãos da Misericórdia,
com sua bandeira e insígnias,
me acompanham no desfile
no andar triste de batinas,
com passadas de urubu
como sempre eles imitam,
o andar de grua dos padres
e da gente da justiça.
E essa tropa de soldados
formados para ordem unida,
que cerca o morto, não vá
escapar da cerca viva,
pendurada pelas casas
ou de pé pelas cornijas.
Dessa gente sei dizer
quem Manuel e quem Maria,
quem boticário ou caixeiro,
e sua mesma freguesia.

Cada casa dessas ruas
é também amiga íntima,
posso dizer a cor que era,
que no ano passado tinha.
E essa gente que nas ruas
de cada lado se apinha
(neste estranho dia santo
em que ninguém comercia),
a gente que dos telhados
tudo o que vai vê de cima.

A GENTE NAS CALÇADAS:
— Por que é que deixou de falar?
Estávamos todos a ouvi-lo.
— Ao passar estava falando,
vinha conversando consigo.
— Por que agora caminha mudo
se estava falando a princípio?
— Decerto o forçaram a calar-se.
Até os gestos lhe são proibidos.
— Fazem-no calar porque, certo,
sua fala traz grande perigo.
— O que lhe ouvi na rua do Crespo
foi "mar azul" e "sol mais limpo".
— Receiam que faça falando
desta procissão um comício.
— Dizem que ele é perigo, mesmo
falando em frutas, passarinhos.

A GENTE NAS CALÇADAS:
— Há pessoas com muito medo
de toda essa gente na rua.

— Muita gente em ruas e praças
é coisa que a muitos assusta.
— Como se se vissem de súbito
desarmadas, ou mesmo nuas.
— A gente está com muito medo
da cheia de gente, da súcia.
— Mas não temem o Carnaval,
embora a gente se mascare.
— Sabem que no Carnaval, toda
a gente, em mil gentes, se parte.
— Cada um monta seu Carnaval,
solto na praça, sem entraves.
Cada um segue pelo seu lado
e nada mais há que os engate.

O MEIRINHO:
— *Vai ser executada a sentença de morte natural na forca, proferida contra o réu Joaquim do Amor Divino Rabelo, Caneca.*

OFICIAL E FREI CANECA:
— De que fala Reverendíssimo
como se num sermão de missa?
— De toda essa luz do Recife.
Louvava-a nesta despedida.
— Ouvi-o falar em voz alta,
como se celebrasse missa.
Vi que a gente pelas calçadas
como num sermão, calada, ouvia.
— Tanto passeei por essas ruas
que fiz delas minhas amigas.
Agora, lavadas de chuva,

vejo-as mais frescas do que eu cria.
— Um condenado não pode falar.
Condenado à morte, perde a língua.
— Passarei a falar em silêncio.
Assim está salva a disciplina.

O OFICIAL E O PROVINCIAL:
— Vem de dizer o condenado
que suspende sua falação.
— Mas, falando alto, não pregava.
Falava-se, o que não é sermão.
— Que tinha a dizer ante a forca?
Não lembra a cela de alcatrão?
— O alcatrão já não o preocupa
e ao sol curou-se da prisão.
— Parecia que estava bêbado.
Era álcool ou sua desrazão?
— Bêbado da luz do Recife:
fez esquecer sua aflição.
— Mas pareceu falar em versos.
É isso estar bêbado ou não?
— Mesmo sem querer fala em verso
quem fala a partir da emoção.

A GENTE NAS CALÇADAS:
— Não me lembro de procissão
com tanta gente para vê-la.
— Parece que todo o Recife
veio às calçadas, às janelas.
— Gente em pleno meio da rua,
e a tropa não pode rompê-la.
— E em cada esquina, cada rua,

     na rua mais gente despeja.
— Estamos num rio na enchente
     que recebe cheia e mais cheia.
— Há gente até dependurada
     pelos lampiões, pelas reixas.
— Gente até no poste da forca
     e no alçapão debaixo dela.
— Muita gente pelas cumeeiras
     e gente deitada nas telhas.

A GENTE NAS CALÇADAS:
— Mais gente há nessa execução
     do que em muita festa de igreja.
— Ver enforcar padre é oração,
     fica bem-visto da padroeira,
— Decerto dá bons resultados
     como ao pecador indulgências.
— Como aos flagelantes e àqueles
     que à carne fazem violências.
— Como as orações, os dez terços,
     como os jejuns e as abstinências.
— Por que será que nesse frade
     mais do que em santos, tenham crença?
— Viveu lado a lado com eles,
     conviveu-os, na saúde e doença.
— Viveu sempre como eles todos,
     nunca se isolou com sua ciência.

FREI CANECA:
— Sob o céu de tanta luz
     que aqui é de praia ainda,

leve, clara, luminosa
por vir do Pina e de Olinda,
que jogam verde e azul
sob o sol de alma marinha,
sob o sol inabitável
que dirá Sofia um dia,
vou revivendo os quintais
que dispensam sesta amiga
detrás das fachadas magras
com sombras gordas e líquidas.
E, se não ouço os pregões,
vozes das cidades, vivas,
revivendo tantas coisas
valem qualquer despedida.
Sei que acordei para pouco
e que entre a cela sinistra
onde só a luz das caveiras
com luz própria reluzia,
e o outro telão de sono
que cai e que não se bisa,
é estreita a nesga de tempo
para que se chame vida.
E as ruas de São José
com que mais eu convivia,
que passeava sem prever
o passeio deste dia.
Eu sei que no fim de tudo
um poço cego me fita.
Difícil é pensar nele
neste passeio de um dia,
neste passeio sem volta

(meu bilhete é só de ida).
Mas, por estreita que seja,
dela posso ver o dia,
dia Recife e Nordeste,
gramática e geometria,
de beira-mar e Sertão
onde minha vida um dia.

A GENTE NAS CALÇADAS:
— Diz-que um menino viu no céu,
  revoando, uma Dama Celeste.
— Vestida com um manto pardo
  que de asas fazia as vezes.
— E planava para abrigá-lo,
  para que o sol não o moleste.
— Depois, ela foi-se esgarçando
  como com os panos acontece.
— Foi um menino que a enxergou
  e adultos o mesmo pretendem.
— Decerto é a Senhora do Carmo,
  de quem é frade, e que o protege.
— Padroeira também do Recife,
  dos marinheiros que lhe rezem.
— A Virgem que uma estrebaria
  tirou do convento que teve.

A GENTE NAS CALÇADAS:
— Afinal quem marca o compasso
  da procissão de caranguejos?
— Como o juiz não veio cá,
  vai no passo que podem velhos.

— Este é um cortejo militar
que leva um réu à execução.
— Por causa do clero e outros cleros,
seguem o passo procissão.
— Mas não há um morto, ainda está vivo:
da procissão é o santo e o centro.
— Mas não é por culpa do réu
que o cortejo caminha lento.
— A tropa queria que andassem
passo acelerado de guerra.
— Mas como obrigar a correr
um velho que ande como velha?

O MEIRINHO:
— *Vai ser executada a sentença de morte natural na forca, proferida contra o réu Joaquim do Amor Divino Rabelo, Caneca.*

FREI CANECA:
— O raso Fora de Portas
de minha infância menina,
onde o mar era redondo,
verde-azul, e se fundia
com um céu também redondo
de igual luz e geometria!
Girando sobre mim mesmo,
girava em redor a vista
pelo imenso meio-círculo
de Guararapes a Olinda.
Eu era um ponto qualquer
na planície sem medida,
em que as coisas recortadas

pareciam mais precisas,
mais lavadas, mais dispostas
segundo clara justiça.
Era tão clara a planície,
tão justas as coisas via,
que uma cidade solar
pensei que construiria.
Nunca pensei que tal mundo
com sermões o implantaria.
Sei que traçar no papel
é mais fácil que na vida.
Sei que o mundo jamais é
a página pura e passiva.
O mundo não é uma folha
de papel, receptiva:
o mundo tem alma autônoma,
é de alma inquieta e explosiva.
Mas o sol me deu a ideia
de um mundo claro algum dia.
Risco nesse papel praia,
em sua brancura crítica,
que exige sempre a justeza
em qualquer caligrafia;
que exige que as coisas nele
sejam de linhas precisas;
e que não faz diferença
entre a justeza e a justiça.

A GENTE NAS CALÇADAS:
— Não sei por que é que este cortejo
evitou o Pátio do Carmo.

— O caminho era bem melhor:
   era mais direto e mais largo.
— Dizem que todos tinham medo
   de que pudessem sequestrá-lo.
— Tirá-lo do meio da tropa
   e então conduzi-lo a sagrado.
— Ou se arrancasse de repente
   da cela em que ele vai, cercado.
— Ou que vendo as portas abertas
   pudesse escapar dos soldados.
— Sempre foi gente turbulenta
   os carmelitas desse Carmo.
— Bem mais que os das casas de Olinda,
   Paraíba, Goiana, Cabo.

A GENTE NAS CALÇADAS:
— Desde a noite do dia de ontem
   o Carmo está morto e deserto.
— O prior, Frei José de São Carlos,
   mandou para casa leigos, clérigos.
— Mandou de férias todos eles
   e ficou sozinho no prédio.
— Todo o convento está de férias
   como se só fosse colégio.
— Assim todos estarão longe
   do condenado e, assim, dos ecos.
— Frei São Carlos segue Caneca,
   desde sua cela, manhã cedo.
— Depois sozinho, no convento,
   fará no claustro seu enterro.

DOIS OFICIAIS:
— Melhor é apressar mais o passo,
  que a gente já se mostra inquieta.
— A gente é o que há de perigoso:
  sua arma final é um quebra-quebra.
— Um indulto do Imperador
  é o que essa gente ainda espera.
— Não pode haver adiamento
  e a volta à prisão negra e cega?
— Como indulto ou adiamento
  se nenhum navio hoje chega?
— Então essa gente das calçadas
  vai esperar muito que aconteça.
— Que a padroeira do Recife
  com seus milagres apareça.
— Talvez por ser dos marinheiros,
  mande navio a toda pressa.

O OFICIAL E O PROVINCIAL:
— Que fazer para vos fazer
  adotar um passo de carga?
— Demonstrar que em cima de nós
  há inimigo na retaguarda.
— Não sentis que a gente impaciente
  desse espetáculo está cansada?
— A impaciência que nela sinto
  é porque nada disso acata.
— É o indulto do Imperador
  o que essa gente toda aguarda?
  Não compreendeis que minha tropa
  disparará caso atacada?
— A gente não pensa atacar,

é um milagre que a gente aguarda.
E não só a gente dessas ruas:
a gente também das sacadas.

A GENTE NAS CALÇADAS:
— Nos fizeram lavar fachadas
como em dia de procissão.
— Nos fizeram varrer calçadas,
limpar o que faz todo cão.
— Parece até enterro de bispo,
ou mais bonito, a sagração.
— Até nosso céu eles espanaram
e não só com as brisas, não.
— Como que passaram no céu
esfregão com água e sabão.
— Mas disso tudo agora vemos
qual a verdadeira intenção.
— Enforcar um homem que soube
opor ao Império um duro não.
— (Cem anos depois um outro homem
dirá "nego", a uma igual questão.)

O MEIRINHO:
— *Vai ser executada a sentença de morte natural na forca, proferida contra o réu Joaquim do Amor Divino Rabelo, Caneca.*

No adro do Terço

OFICIAL:
— Que toda a tropa forme um círculo
como se protegesse o altar.

Que ninguém entre nesse círculo
nem possa dele se acercar
sob pena de ser condenado:
de sedicioso se acusará.
Quem tentar romper esse círculo
rebelde se confessará.

O OFICIAL E O VIGÁRIO-GERAL:
— *Passo ao braço da Igreja o padre mestre Frei Joaquim do Amor Divino Rabelo, Caneca, condenado à morte por sedição e rebelião contra o Império, pela Comissão enviada pelo Imperador.*
— *Recebo Frei Joaquim do Amor Divino Rabelo, Caneca, para que se proceda à sua execração de acordo com o que determina o Direito Canônico.*

A GENTE NO ADRO:
— Agora o estão paramentando:
para vir celebrar a missa.
— Nenhum sacristão o ajudou
tão ritualmente em sua vida.
— Talvez porque essa venha a ser
a última missa que diga.
— Quanto terá de abençoar
o que há aqui de gente inimiga!

A GENTE NO ADRO:
— É falsa a unção com que o ajuda
o frade que é seu sacristão.
— Põe-lhe o amito, veste-lhe a alva
como a um judas de diversão.
— O cordão agora é o litúrgico,

         não o que o trouxe como um cão.
— Esse cordão com que ora o cingem
         não é o baraço da forca, não.

A GENTE NO ADRO:
— Põem-lhe um manípulo bordado
         como ele nunca usou nem teve.
— Trazem-lhe uma estola de luxo
         que é mais de bispo que de freire.
— Essa casula com que o vestem
         lhe cai perfeitamente, é adrede.
— Como mandada costurar
         por alfaiate que o conhece.

A GENTE NO ADRO:
— Agora o conduzem ao trono
         como um bispo ou como um vigário.
— Como não temos bispo agora,
         levam-no ao trono do vigário.
— Não sei por que tanto se ajoelha
         como penitente relapso.
— Se já está do lado da morte
         nada o reterá deste lado.

A GENTE NO ADRO:
— Não sei se hoje pelas igrejas
         é dia de usar encarnado.
— Para enforcado, o justo é roxo,
         pois sangue não é derramado.
— Quem sabe se há nisso um presságio?
         Quem sabe se vão indultá-lo?
— Me parece, sim, presságio:
         não indulto, vão fuzilá-lo.

A GENTE NO ADRO:
— Mas não foi para dizer missa
que de luxo o paramentaram.
— Ainda continua de joelhos
perante o bispo improvisado.
— Que parece querer falar
aos que chama de seu rebanho.
— Mas quantos de nós hoje aqui
querem ouvir sua voz de fanho?

O MEIRINHO:
— *Vai ser executada a sentença de morte natural na forca, proferida contra o réu Joaquim do Amor Divino Rabelo, Caneca.*

O VIGÁRIO-GERAL:
— *A degradação eclesiástica é uma pena vindicativa, a mais grave de todas as penas eclesiásticas. Ao iniciar-se a degradação, vestem-lhe todos os paramentos sagrados, como se o padre houvesse ainda uma vez de celebrar o sacrifício incruento da redenção. E a cerimônia começa, com grande aparato: o celebrante lhe tira das mãos o cálice, a hóstia e a pátena. Depois, um a um, o vai despindo dos paramentos sacerdotais. Despem-no finalmente da batina ou hábito religioso. Está o padre degradado das ordens sacras; já não pode exercer o ministério sacerdotal.*

A GENTE NO ADRO:
— Não foi mesmo para dizer missa
que o haviam paramentado.
— Manda tomar o que lhe deram
esse faz-de-bispo, o vigário.

— O cálice e a pátena, vejo,
  foram primeiro arrebatados.
— Com o latim que eles não sabem
  pensam que tudo está explicado.

[EM BACKGROUND]
Amovemus a te, quin potus amotan esse ostidimus offerendi Deo sacrificium, Missanque celebrandi tam pro vivio, quam pro difunctis.

A GENTE NO ADRO:
— Ainda estão lhe retirando
  até o que não lhe tinham dado.
— Com a faca raspam-lhe as mãos
  que tanto haviam abençoado.
— Do índice e do polegar
  raspam-lhe esse gesto sagrado.
— Parece que o sagrado é poeira:
  muito facilmente é raspado.

[EM BACKGROUND]
Potestatem sacrificandi, consecrandi et benedicendi, quam in unctione manum et paelicum recepisti, tibi tollimus hac rasura.

A GENTE NO ADRO:
— Vem agora a vez da casula,
  da cor do sangue que evitou.
— Que ele evitou de derramar
  e só por isso se entregou.
— Quem sabe se o matam com sangue,
  cor do paramento que usou?
— Vão sempre falando em latim:
  pensam que o fala o Imperador.

[EM BACKGROUND]
Veste sacerdotali charitatem signante te merito expoliamus,
quis ipsen et omnem innocentiam exuisti.

A GENTE NO ADRO:
— O que ainda continuarão,
  continuarão a despir dele?
— Arrancam-lhe agora a estola
  que lhe é arrancada como pele.
— Se continuam assim, à forca
  não arribará nada dele.
— Enforcarão o esqueleto nu,
  nu de alma, de carne e de pele.

[EM BACKGROUND]
Signum Domini per hanc stolam turpiter abjecisti, ideoque
ipsam e te amovemus, quem inhabilem reddimus ad omne
Sacerdotale officium exercendum.

A GENTE NO ADRO:
— Parece que não é o vigário
  que vai continuar a despi-lo.
— Ou já estará muito cansado
  ou do que resta não é digno.
— Os outros padres, seus lacaios,
  tiram-lhe o cíngulo, a alva, o amito.
— De todo o frade que ele foi,
  eis que volta ao que é, sem mito.

A GENTE NO ADRO:
— Agora lhe raspam a tonsura
  com pobre navalha barbeira.
— Despem-no do hábito do Carmo,

para ele é despir-se da igreja.
— Nu de toda igreja, em camisa
   e calças de ganga grosseira.
— Voltou a ser qualquer de nós:
   pensará que foi ganho ou perda?

A GENTE NO ADRO:
— Quando tiravam alguma coisa,
   vinham o incenso e a água benta.
— Não era o frade a quem benziam,
   estavam benzendo era a prenda.
— Queriam limpá-la do frade
   e do diabo, se estava prenha.
— Queriam lavá-la de tudo,
   do frade, do diabo e suas lêndeas.

A GENTE NO ADRO:
— Reparai, agora lhe trazem
   uma outra espécie de batina.
— Dizem-na a alva dos condenados:
   a forca a exige, é da rotina.
— Nela não enxergo os bordados
   que há nas alvas de dizer missa.
— A alva é encardida, é sua mortalha,
   dizem-na alva por ironia.

O VIGÁRIO-GERAL E O OFICIAL:
— *Devolvo à mão da justiça o réu Joaquim do Amor Divino, Caneca, devidamente execrado de sua qualidade de sacerdote pelas leis canônicas.*
— *Recebo o réu execrado e nele farei cumprir a sentença de condenação à morte natural na forca.*

— *O réu foi ritualmente degradado de suas funções e dignidades de sacerdote, e é como homem que o faço passar às mãos da justiça dos homens.*
— *E é como homem e como rebelde a nosso amado Imperador que farei executar nele a sentença ditada pela Comissão Militar.*

O VIGÁRIO E O PROVINCIAL:
— Recomendo-lhe seu amigo.
Queira segui-lo até o algoz.
— A que algoz eu devo levá-lo?
O pior está longe de nós.
— E onde ele está? Quando chegou?
Onde se hospeda o Imperador?
— O Imperador nunca viria
ao Recife, não tem valor.
(Talvez num dia muito longe
possível que venha, mas morto.
Só gente com medo, obrigada,
desfilará ante seu corpo.)

O MEIRINHO
— *Vai ser executada a sentença de morte natural na forca, proferida contra o réu Joaquim do Amor Divino Rabelo, Caneca.*

Da Igreja do Terço ao Forte

OFICIAL:
— Que se recomponha o cortejo
como ele vinha até então.
Todos seguirão na mesma ordem,

e ainda o réu sob proteção.
Iremos ao Forte, onde a forca
está atrasada em sua ração.
Que todos sigam até o Forte.
Só depois se dissiparão.

A GENTE NAS CALÇADAS:
— Um dia capangas jagunços
mandaram para sua defesa.
— Havia, dizem, gente paga
para caçar sua cabeça.
— Mandou os capangas de volta
e respondeu dessa maneira:
— Não sou ninguém para ser mártir,
não é distinção que eu mereça.

A GENTE NAS CALÇADAS:
— Na Casa do Carmo viveu
desde que era ainda menino.
— Muito antes de ser carmelita
era aluno de seu ensino.
— Aprendeu lá tudo o que sabe
e não só rezar ao divino.
— Quando ele entrou para ser frade
mais do que qualquer tinha tino.

O MEIRINHO
— *Vai ser executada a sentença de morte natural na forca, proferida contra o réu Joaquim do Amor Divino Rabelo, Caneca.*

A GENTE NAS CALÇADAS:
— Dizem que quando vinha preso
 alguém lhe ofereceu a fuga.
— Alguns aceitaram de saída
 e hoje andam soltos pelas ruas.
— Outros se foram para Bolívar
 que livrara várias repúblicas.
— Mas a daqui, compreendeu,
 precisa ainda de mais luta.

A GENTE NAS CALÇADAS:
— Pela estrada dita Ribeira
 onde o Capibaribe sua,
 com tropa pequena e rompida
 foi ao Ceará por ajuda.
— Campina Grande, Paraíba,
 guarda a casa de sua cura,
 e em Acauã, lá no Ceará,
 se rende com a tropa viúva.

A GENTE NAS CALÇADAS:
— Foi contra seu Imperador
 é o que se diz no veredicto.
— E separatista ademais;
 saberá Dom Pedro o que é isso?
— Pensa que é ladrão de cavalos
 ou que é capitão de bandidos.
— Pensa não ser mal português,
 sim de brasileiro, algum vício.

FREI CANECA:
— Dentro desta cela móvel,
 do curral de gente viva,
 dentro da cela ambulante

que me prende mas caminha,
posso olhar de cada lado,
para baixo e para cima.
Eis as pedras do Recife
que o professo carmelita,
embora frade calçado,
sente na sola despida.
Como estou vendo melhor
essa grade, essa cornija,
o azulejo mal lavado,
a varanda retorcida!
Parece que melhor vejo,
que levo lentes na vista;
se antes tudo isso milvi,
as coisas estão mais nítidas.
Andando nesse Recife
que me sobrará da vida,
sinto na sola dos pés
que as pedras estão mais vivas,
que as piso como descalço,
sinto as arestas e a fibra.
Embora a viva melhor,
como mais dentro, mais íntima,
como será o Recife
que será? Não há quem diga.
Terá ainda urupemas,
xexéus, galos-de-campina?
Terá estas mesmas ruas?
Para sempre elas estão fixas?
Será imóvel, mudará
como onda noutra vertida?

Debaixo dessa luz crua,
sob um sol que cai de cima
e é justo até com talvezes
e até mesmo todavias,
quem sabe um dia virá
uma civil geometria?

A GENTE NAS CALÇADAS:
— Eis que ele agora é um réu qualquer
e como qualquer vai vestido.
— Deram-lhe a roupa que se dá
aos assassinos e bandidos.
— O cortejo vai como vinha,
e ele no meio como um bispo.
— Um bispo vigiado, sem pálio,
todo cercado de inimigos.

A GENTE NAS CALÇADAS:
— Uma procissão sem andor
é uma procissão quando mesmo.
— A procissão de Corpus Christi
é a procissão de Deus, é a seco.
— Não tem andor. Mesmo invisível
todo mundo acorre para vê-lo.
— Quem não tem balcão para ficar
aluga algum por qualquer preço.

A GENTE NAS CALÇADAS:
— Afinal o que em contra dele
disse a gente da Comissão?
— Foi contra o morgado do Cabo,
sua impopular nomeação;

foi contra que o rei português
impusesse uma Constituição;
contra enviar-se a esquadra ao Recife
por falsa ameaça de invasão.

O MEIRINHO:
— *Vai ser executada a sentença de morte natural na forca, proferida contra o réu Joaquim do Amor Divino Rabelo, Caneca.*

A GENTE NAS CALÇADAS:
— A procissão é o recorrido
que vai de uma igreja a outra igreja.
— Mas nesta vai nosso caminho
não a igreja, mas fortaleza.
— Até o Forte das Cinco Pontas
porque tem desenho de estrela.
— Mas ficaremos cá de fora,
o réu não entrará na capela.

A GENTE NAS CALÇADAS:
— Mas haverá um santuário
nessa construção holandesa?
— Construíram uma capela mais tarde,
para exorcizar Calvino e o belga.
— Mas a capela fica dentro
dos robustos muros de pedra.
— E o altar da forca ficará
fora dos paredões de pedra.

A GENTE NAS CALÇADAS:
— Não é jovem, tampouco velho,
apesar dos cabelos brancos.
— Veio andando calmo e sem medo,
ar aberto de amigo, e brando.
— Não veio desafiando a morte
nem indiferença ostentando.
— Veio como se num passeio,
mas onde o esperasse um estranho.

FREI CANECA:
— Esta alva de condenado
substituiu-me a batina.
Não penso que ainda venha
a vestir outra camisa.
Certo também é mortalha
e nela sairei da vida.
Não sei por que os condenados
vestem sempre esta batina,
como se a forca fizesse
disso a questão mais estrita.
Será que a morte é de branco
onde coisa não habita,
ou se habita, dá na soma
uma brancura negativa?
Ou será que é uma cidade
toda de branco vestida,
toda de branco caiada
como Córdoba e Sevilha,
como o branco sobre branco
que Malevitch nos pinta

e com os ovos de Brancusi
largados pelas esquinas?
Se essa mortalha branca
é bilhete que habilita
a essa morte, eu, que a receio,
entro nela com alegria.
Temo a morte, embora saiba
que é uma conta devida.
Devemos todos a Deus
o preço de nossa vida
e a pagamos com a morte
(o poeta inglês já dizia).
Nessa contabilidade
morte e vida se equilibram,
e, embora no livro-caixa,
e também nas estatísticas,
apareça favorável,
e sempre, o saldo da vida,
no dia do fim do mundo
serão iguais as partidas.

A GENTE NAS CALÇADAS:
— Arrancaram tudo de padre,
o que dele um padre fizera.
— Em dezessete na Bahia
de fome e sede ele sofrera.
— Viveu piolhento, esmolambado,
guardado quase como fera.
— Mas o que lhe arrancaram hoje
trouxe-lhe ainda maior miséria.

A GENTE NAS CALÇADAS:
— Até que enfim esse cortejo
   conduz um homem, não um frade.
— A execração tirou-lhe tudo.
   Nada é sagrado nessa carne.
— Hoje ninguém da religião
   lhe deve solidariedade.
— Veem os barões e os portugueses
   que não há brechas entre os padres.

A GENTE NAS CALÇADAS:
— Foi muitas vezes anunciado
   um indulto do Imperador.
— Tempo já tinha para chegar,
   mas até hoje não chegou.
— Há dias que não chegam barcos,
   nenhum tampouco hoje arribou.
— E mesmo que chegue tal barco,
   quem diz que a Corte o perdoou?

O MEIRINHO:
— *Vai ser executada a sentença de morte natural na forca, proferida contra o réu Joaquim do Amor Divino Rabelo, Caneca.*

A GENTE NAS CALÇADAS:
— Veleiro que chega do Rio
   pouco traz (mas leva o que for).
— Para um raro "sim" que eles trazem,
   trazem de "nãos" enorme ror.
— Quem sabe o indulto foi mandado

para a Guiné, para o Pará?
— Será que alguém na Corte sabe
onde é que Pernambuco está?

A GENTE NAS CALÇADAS:
— Eu o imaginava homem alto
com olhos acesos, de febre.
— Eu o imaginava também
um asceta, puro osso e pele.
— É um homem como qualquer um,
e profeta não se pretende.
— É um homem e isso não chegou:
um homem plantado e terrestre.

A GENTE NAS CALÇADAS:
— Assim é que pôde sobreviver
à viagem com a tropa ao Agreste.
— Foi à Paraíba, ao Ceará
que o Capibaribe não investe.
— Foi assim frade e jornalista,
e, em vez de bispo, padre-mestre.
— Viveu bem plantado na vida,
coisa que a gente nunca esquece.

Na praça do Forte

O VIGÁRIO-GERAL E O OFICIAL:
— O bom carrasco oficial
deve estar aprontando o nó.
— Não quis vir. Diz que matar padre
é morte que recai, veloz.

Fizemos todas as ameaças
e as promessas para depois.
Não quer vir. Diz que matar padre
ou gato na vida dá nó.

O MEIRINHO:
— *Vai ser executada a sentença de morte natural na forca, proferida contra o réu Joaquim do Amor Divino Rabelo, Caneca.*

OFICIAL:
— Agora apenas militares
podem entrar neste recinto.
Que os outros todos se dispersem,
Santa Casa, clero e cabido.
Mas fique a gente da Justiça,
os escrivães que, por escrito,
darão fé da morte na forca
do inimigo da Corte do Rio.

A GENTE NO LARGO:
— Quem foi que ainda não chegou
para que tenha início a festa?
— Decerto alguma autoridade
que o veleiro do indulto espera.
— O Brigadeiro Lima e Silva,
dizem, é a favor do Caneca.
— Talvez ele saiba do indulto
e tenha ordenado essa espera.

A GENTE NO LARGO:
— O Brigadeiro Lima e Silva
jamais viria abrir a festa.

— Quem é então o personagem
por quem todo esse mundo espera?
— É mais do que um personagem:
é a outra metade da festa.
— É o carrasco que se não vem
não se enforcará o Caneca.

A GENTE NO LARGO:
— Lima e Silva não é a favor.
Ele não é contra o Caneca.
— Ele dobrou-se à Comissão:
nem procurou influir nela.
— Se for verdade, o Imperador
tirará tudo o que ele era.
— Lhe dirá que vá para casa
com suas grã-cruzes, comendas.

A GENTE NO LARGO:
— Não é o carrasco um tal Vieira
que à forca irá por assassino?
— Ele mesmo. E se enforca o padre
terá abertos os caminhos.
— Quando o foram buscar não quis
aparecer, e o disse a gritos.
— Muita coronhada apanhou,
porque não quis, e pelos gritos.

A GENTE NO LARGO:
— Que passa com o outro ator
que nos deixa todos na espera?
— O outro personagem, o carrasco,
não aceita o papel, se nega.

— Não o trouxeram da cadeia.
　Ali disse não, e se queda.
— Seu não, está claro, lhe deu
　muito o que curar, muita quebra.

A GENTE NO LARGO:
— Dizem que foi ameaçado
　por padres, parentes, amigos.
— Nada disso: não vem por medo
　do que lhe dizem os espíritos.
— Dizem que uma dama, na véspera,
　pôde chegar a seu cubículo.
— Que não enforcasse o afilhado
　a dama teria pedido.

O OFICIAL E UM CARRASCO:
— Agora chegou. É tua vez
　de se livrar com teu serviço.
— Porém dessa vez eu não posso.
　Matar um santo é mais que um bispo.
— Sabes o que te passará
　se não fizeres o que digo?
　Não te disse que teu indulto
　depende só desse suplício?
— Sei disso. E do que passarei.
　Que a forca é certo, é mais que risco.
— Sabes o que é ser enforcado,
　por que passarás antes disso?
— Morrerei na forca, se chego,
　se das torturas sair vivo.
　Sei que à forca não chegarei;
　morrerei antes, vou para o lixo.

O OFICIAL E UM OUTRO CARRASCO:
— Devolvam o preso à cadeia.
   Por esperar, nada ele arrisca.
   Onde está o outro assassino
   que às vezes o substituía?
— Aqui estou. Mas, aquele frade,
   não está aqui quem o enforcaria.
— Mas quem é que decide aqui?
   Sou eu ou a tua covardia?
— Não é por covardia, não.
   Cumpro ordens da Virgem Maria.
— E como essas ordens te deu?
   Soprou-te numa ventania?
— Cobrindo o frade com seu manto,
   voando no céu ela foi vista.
   Para mim é mais que uma ordem,
   seja ela falada ou escrita.

O OFICIAL E UM SOLDADO:
— Correndo chegue-se à cadeia.
   Traga o mais malvado de lá.
   Sairá hoje livre. Perdoado
   de tudo o que fez ou fará.
— Chefe, daqui para a cadeia
   muito tempo se tardará.
   Será dupla perda de tempo.
   Preso nenhum aceitará.
   Crê Vossoria nessa história
   da Virgem abençoando-o do ar?
— Como posso crer tal absurdo?
— É de hoje, mas é lenda já.

Mas corro à cadeia, à procura
do mais facinoroso que há.

A GENTE NO LARGO:
— Falaram a dois substitutos,
ambos à morte condenados.
— Ofereceram-lhes igual prêmio:
ir seus caminhos liberados.
— Nenhum não quis. Do mesmo jeito,
ambos os dois foram espancados.
— A réus sem morte ofereceram
mesmo prêmio que aos dois carrascos.

A GENTE NO LARGO:
— Por falta de quem contracene
abandonarão todo espetáculo.
— E terminarão confiando
o enforcamento a um voluntário.
— Consultaram todo o escalão
do sistema penitenciário.
— Mas ninguém quis. Certo tiveram
a visita da Dama de pardo.

A GENTE NO LARGO:
— Um emissário foi mandado
recrutar gente na cadeia.
— Foi fazer a todos os presos
oferta melhor que as já feitas.
— Por piores que sejam os crimes,
sairão soltos, e a vida feita.
— Com bom emprego na cadeia,
farda, comida, cama e mesa.

A GENTE NO LARGO:
— Mas duvido que lá encontrem
o pessoal que lhes convenha.
— Fosse a oferta feita na praça,
teriam carrascos às pencas.
— Se negociassem esses cargos,
seria facílima a venda.
— Até padres se prestariam
para salvar a ordem e a crença.

A GENTE NO LARGO:
— Assim, cá estamos à espera
de um tipo ideal de carrasco.
— Que não tenha fé numa Dama
que voa vestida de pardo.
— Que tenha um crime para ser
de alguma forma premiado.
— Para quem a forca compense
carência que o deixe saciado.

A GENTE NO LARGO:
— Uma forca sempre precisa
de um enforcado e de um carrasco.
A forca não vive em monólogos:
dialética, prefere o diálogo.
Se um dos dois personagens falta,
não pode fazer seu trabalho.
O peso do morto é o motor,
porém o carrasco é o operário.

A GENTE NO LARGO:
— Dizem por aí que o emissário
voltou com ambas mãos vazias.

— Ninguém aceitou o perdão
   porque ele é à custa da vida.
— Sair das grades está bem,
   de ser carrasco não se hesita.
— O grave é depois fazer face
   ao que a Dama de pardo exija.

O SOLDADO:
— Vi na cadeia muitos réus
   que esperam tranquilos a pena.
   Disse tudo o que me mandaram,
   mas foi inútil toda a lenha.
   Nem mesmo o monstruoso assassino
   que trucidou na Madalena
   pai, mãe, filho, mais quatro escravos
   e um bebê de dias apenas,
   que por isso foi condenado
   pegando a última sentença,
   concorda em enforcar o padre,
   diz que é questão de consciência.
   Parece que o melhor carrasco
   é um menino em toda inocência:
   ir buscar no Asilo da Roda
   carrasco infantil, mas com venda.

OFICIAL:
— Seja o que for, vou eu agora
   até a Comissão Militar
   pedir que forme um pelotão
   que venha para o fuzilar.
   Única saída que vejo,
   embora seja irregular:

é pedir o ascenso do crime
a um digno crime militar.

A GENTE NO LARGO:
— Enquanto isso tudo, ele espera
sentado nos degraus da forca.
— Como se não fosse com ele
o corre-corre em sua volta.
— Sente como pode ser longo
o que nós chamamos de agora.
— Que é como um tempo de borracha
que se elastece ou que se corta.

A GENTE NO LARGO:
— Há mais de três horas espera
sem ver chegar a sua própria.
— Não é uma tortura menor
que a da cela negra e sem horas.
— Maior do que a por que passou
na caminhada de ainda agora.
— E mais se são horas barradas
pelo muro onde se ergue a forca.

A GENTE NO LARGO:
— Sabia, ao vir, que caminhava
ao encontro da própria morte.
— Pensou que o estivesse aguardando
encostada ao portal do Forte.
— E que lhe saísse ao encontro
entreabrindo-lhe os braços, nobre.
— Mas chegando logo sentiu
como é altiva e fria a consorte.

A GENTE NO LARGO:
— Logo que chegou descobriu
 que a morte nem sempre tem fome.
— E mais, que nem sempre tem mãos
 para acionar seus ressortes.
— Necessita sempre de um braço,
 de enfarte, de câncer, virose.
— E que numa forca inanimada,
 precisa de um braço a suas ordens.

A GENTE NO LARGO:
— A morte já o estava caçando
 desde o ano de dezessete.
— Hoje ele está à espera dela,
 que chegue afinal, se revele.
— Como descobrir quem ela é
 no meio de toda essa plebe?
— Chega a pensar que o não deseja,
 chega imaginar que o despreze.

A GENTE NO LARGO:
— Não imagina onde ela está,
 de onde virá, nem como seja.
— Imagina que ela é biqueira,
 que há gente que não lhe apeteça.
— Não sabe é que ela já está aqui;
 falta-lhe é o braço com que opera.
— Que desta vez nenhum carrasco
 ousa colaborar com ela.

A GENTE NO LARGO:
— Como não surge quem o enforque
 chamaram a tropa de linha.

— Ele ainda está ao pé da forca,
  esperando o carrasco, ainda.
— Se a espera for de muito tempo,
  o povo dele se apropria.
— Já está inquieto e excitado,
  com molas de quem se amotina.

A GENTE NO LARGO:
— Creio que ao mesmo Frei Caneca
  essa tropa vem como alívio.
— Leva ali horas esperando,
  suplício de esperar suplício.
— Para quem está esperando
  cada minuto vale um espinho.
— E quando a espera é de martírio,
  vira uma pua cada espinho.

A GENTE NO LARGO:
— Esperar é viver num tempo
  em que o tempo foi suspendido.
— Mesmo sabendo o que se espera,
  na espera tensa ele é abolido.
— Se se quer que chegue ou que não,
  numa espera o tempo é abolido.
— E o tempo longo mais encurta
  o da vida, é como um suicídio.

O MEIRINHO:
— *Vai ser executada a sentença de morte natural na forca, proferida contra o réu Joaquim do Amor Divino Rabelo, Caneca.*

A GENTE NO LARGO:
— A morte é sempre natural,
no que não crê esse meirinho.
— Quer se dê na cama ou na forca
é natural, pois do organismo.
— Pode vir de dentro ou de fora,
segundo a anedota ou o ocorrido.
— Só cabe anunciar é se ela
virá do previsto ou imprevisto.

A GENTE NO LARGO:
— Cabe perguntar se tudo isso
é de má-fé ou por equívoco.
Todos têm medo de assumir
entrar na desgraça do Rio.
— Ninguém assumindo essa morte,
fingem carrascos insubmissos.
— Doze homens o vão fuzilar;
pois ninguém o ousava sozinho.

A GENTE NO LARGO:
— Enforcar é festa de praça,
ver fuzilar é para poucos.
— Será fuzilado na forca,
num suplício híbrido e novo.
— Isso de morrer fuzilado
não é só decoroso, é honroso.
— É que morrer de bala é nobre,
embora substitua outro modo.

A GENTE NO LARGO:
— E agora, como sairão dessa
os que arrumaram seu martírio?

— Martírio não é só na forca,
  pode haver outros, e os de tiro.
— Diz-que aí que já convocaram
  todo um pelotão aguerrido.
— Não se pode mais esperar
  o navio impontual do Rio.

A GENTE NO LARGO:
— Como ninguém quis enforcá-lo,
  chamaram soldados de linha.
— Cada um mais aposto, levando
  a amante exigente, a clavina.
— Pensam: mais que a guerra estrangeira
  é a guerra ao pé, esquina a esquina.
— É muito fácil transformá-la,
  de política, nessa que pilha.

DOIS OFICIAIS:
— Pois creio que esperar ainda
  é coisa de todo impossível.
  A gente que aguarda na praça
  pode ser barril explosivo.
— Uma autoridade não pode
  deixar-se assim desacatar,
  ainda menos por réus de morte,
  mortos, que não querem matar.
— O melhor foi mesmo pedir
  à ilustre Junta Militar
  pelotão da tropa de linha
  que o venha aqui arcabuzar.
— A solução decerto é a única,
  mas um problema vai criar:

a Caneca tirou-se a forca,
sendo um criminoso vulgar.

A GENTE NO LARGO:
— A forca deve estar tristíssima,
vão fuzilá-lo a clavinote.
— A tropa vem com os utensílios
da arte de provocar a morte.
— Eis por que a forca está triste,
privada que foi de seu dote.
— Está triste, ainda mais corcunda,
de artritismo ou tuberculose.
— Mais, por ver que a tropa manobra
a seus pés, em filas de morte.
— E mais, porque ela foi privada
de seu prazer, e assim de chofre.
— Morte mecânica, industrial,
sem qualquer gosto pelo esporte.
— Luta de doze contra um só,
o que não é digno nem nobre.

A GENTE NO LARGO:
— Assim, não o podemos ver mais?
Quando o veremos estará morto?
— Ver, não. Ouviremos sua morte,
quem de todo ainda não está mouco.
— Nem o poderemos rever
nem mesmo quando estiver morto?
— Certo, não. Eles saberão
como escamotear o corpo.

A GENTE NO LARGO:
— Já não se sabe onde o levaram.
Foi conduzido à Fortaleza.

— Mas o que que terão lá dentro?
  Vão trucidá-lo na capela?
— Como não chegou o carrasco,
  matam-no de qualquer maneira.
— Deram-lhe veneno ou facada,
  pois tiro levanta suspeitas.

A GENTE NO LARGO:
— Talvez o fizeram fugir
  saltando por porta travessa.
— Talvez o forçassem a fugir
  para atingi-lo na carreira.
— Não sei. Tiro de carabina
  subiria da Fortaleza.
— Se agora não o estão torturando,
  não lhe farão fazer a sesta.

A GENTE NO LARGO:
— Por que o chamam sempre Caneca
  se se chama mesmo é Rabelo?
— Frei Caneca é o filho maior
  de certo Rabelo tanoeiro;
  ao pai, por sua profissão,
  chama-o Caneca o povo inteiro.
  E o filho quando se ordenou
  quis levar a alcunha do velho.

A GENTE NO LARGO:
— Por que não deixou para um lado
  esse apelido de Caneca?
  Ser do Amor Divino era pouco
  para dignificar quem ele era?

— Não quis esconder que seu pai
um simples operário era,
nem mentir parecendo vir
das grandes famílias da terra.

O MEIRINHO:
— *Vai ser executada a sentença de morte natural por espingardeamento, proferida contra o réu Joaquim do Amor Divino Rabelo, Caneca.*

A GENTE NO LARGO:
— Durante todo esse caminho
percorrido pelo cortejo,
se postavam pelos balcões
senhoras curiosas de vê-lo;
outras, na rua, desmaiavam
ou mostravam seu desespero.
— Quem na rua, quem no balcão
não rezam pelo mesmo terço.

A GENTE NO LARGO:
— O cabido inteiro de Olinda
e a mais gente de religião,
cruz alçada, foram pedir
que suspendessem a execução.
— Ouvi dizer que não moveram
os forasteiros da Comissão;
sequer entraram no palácio
onde vivem, e sempre em sessão.

A GENTE NO LARGO:
— Ser fuzilado é dignidade
do militar, mais que castigo.

— Fuzilado assim, sem direito,
   recebe mais do que o pedido.
— Dizem que a forca reagiu,
   pegou estranho reumatismo.
— Perdeu a honra de enforcar
   de seus patrícios o mais digno.

A GENTE NO LARGO:
— A forca é a pena habitual
   para assassinos e bandidos.
— Assim, para mais humilhá-lo,
   foi condenado a tal suplício.
— Ser fuzilado é a pena digna
   do militar, mesmo insubmisso.
— Como ninguém quis enforcá-lo,
   na hora final foi promovido.

A GENTE NO LARGO:
— Não puderam não conceder-lhe
   essa honra de ser fuzilado.
— Foi mais bem por medo da gente
   que até aqui veio apoiá-lo.
— A gente se põe inquieta
   pela demora do espetáculo.
— A irritação pode crescer
   e então fazer por libertá-lo.

A GENTE NO LARGO:
— Não concebo outra explicação
   para que houvesse tanta espera.
— Decerto emissário do Rio
   deve ter chegado a esta terra.

— Quem dirá que neste momento
o perdão não é posto em letra?
— Ou portaria que o condene
somente à cadeia perpétua?

A GENTE NO LARGO:
— Lá ficaria toda a vida
com a geometria e a aritmética.
— Sua vida poderia ser
muito mais útil do que era.
— O Imperador dos brasileiros
os escritores muito preza.
— Tardou o indulto mas chegou.
É mais seguro vir por terra.

(*Aqui, descarga de espingardas.*)

No pátio do Carmo

UM GRUPO NO PÁTIO:
— Fora de Portas, no santuário,
rezou todo o dia o Caneca.
— Acendeu a todos os santos,
de todos renovou as velas.
— A vizinhança o acompanhava
na casa que virou capela.
— Nem se lembrou da oficina
de tanoeiro, ao lado dela.

MESMO GRUPO NO PÁTIO:
— Esperou, em todas as formas
do verbo esperar, nessa espera.

— Sua vista chegava mais longe
  e nem parecia já velha.
— Sua vista chegava a Piedade,
  saltando o Pina e a Barreta.
— O mar de todo indiferente
  desembarcava ondas desertas.

MESMO GRUPO NO PÁTIO:
— Esse mar, vacante e baldio,
  é tudo que esse velho enxerga.
— E quando não estava rezando
  perscrutava o mar da janela.
— Ia para a beira do mar
  para ver melhor o que se acerca.
— Da casa para a praia, erradio,
  assim todo o dia navega.

MESMO GRUPO NO PÁTIO:
— Por vezes seu olhar fugia
  rumo à Campina do Taborda.
— Porém a vista não podia
  saltar camboas, casas, hortas.
— Seu ouvido é que mais se abria,
  se alongava naquela rota.
— Mas não sabia o que podia
  lhe vir de tão distante porta.

MESMO GRUPO NO PÁTIO:
— A todos os santos e santas,
  sem cansar, todo o dia reza.
— Reza também ao vento sul
  a ver se envia alguma vela.

— De pé, pela beira do mar,
  com toda a pele toda acesa.
— Está à espera do ar da brisa,
  do vento sul, de língua seca.

MESMO GRUPO NO PÁTIO:
— A vista de nada serviu,
  lado do sul, nenhum navio.
— Mas o ouvido, lado do Forte,
  acusou o estalo de tiros.
— Não entendeu logo o que era:
  é surda a forca e seus ruídos.
— Enfim entendeu: fora a bala
  que dera cabo de seu filho.

MESMO GRUPO NO PÁTIO:
— Ele nada diz, quando entende
  o que foi a fuzilaria.
— Nada diz, mas sai da janela,
  entra no quarto-santaria.
— Atira as flores para o lixo,
  apaga as velas que ainda ardiam.
— Traz uma primeira braçada
  dos santos que há tanto nutria.

MESMO GRUPO NO PÁTIO:
— Mas outras se vão sucedendo
  (era frequentado esse asilo).
— Sobre o peitoril da janela
  enfileirou o pelotão pio.
— Pelo pescoço, santo a santo
  joga no mar, ainda vazio.

— Muitos deles não se afundaram,
boiaram, míseros navios.

CINEMA NO PÁTIO
Quatro calcetas com duas tábuas ao ombro, nas quais se pode distinguir o corpo de um homem deitado, dirigem-se à porta principal da Basílica do Carmo, e deixam cair no chão, grosseiramente, o corpo que traziam. Batem na porta, aos pontapés, e vão embora, sem esperar. A porta da igreja se abre pesadamente e aparece o vulto de um sacerdote que arrasta para dentro da nave o corpo atirado nos degraus da escada. A porta se fecha, e a noite prossegue, também pesadamente.

Quito, 1981
Tegucigalpa, 1983

O luto no Sertão

Pelo Sertão não se tem como
não se viver sempre enlutado;
lá o luto não é de vestir,
é de nascer com, luto nato.

Sobe de dentro, tinge a pele
de um fosco fulo: é quase raça;
luto levado toda a vida
e que a vida empoeira e desgasta.

E mesmo o urubu que ali exerce,
negro tão puro noutras praças,
quando no Sertão usa a batina
negra-fouveiro, pardavasca.

O circo

1

Passou num engenho de açúcar
de Pernambuco, numa data
entre os engenhos de Zé Lins
e os de *Casa-grande & senzala*.

Para saber-se de um engenho,
melhor recorrer a esses livros:
neles habita toda a gente
que os habitava, e seu estilo,

com seus parentes e aderentes,
bichos e cassacos, ambíguos,
todos na ilha que se defende
do canavial que faz vazio.

Mas nessas ilhas que se vedam,
tempo líquido, ele se infiltra,
ele, o canavial, seu bocejo
e sua atmosfera sem saída.

2

Pois no povoado ali de perto
certo dia aparece um circo
com seu imenso cogumelo,
encanto de pobre e de rico.

Na noite de estreia do circo
vai completa toda a família.
Vai completa, e só quando volta
se vê que incompleta da filha.

Nunca se pode descobrir,
entre o Persinunga e Goiana,
onde se evaporou o circo
com seu cogumelo de lona.

Melhor: onde pousou o circo.
Nem mesmo se pousou no chão,
nem quando foi que o cogumelo
fez-se o milagre de um balão.

3

Desde esse dia o engenho murcha
e é sem defesa na sua ilha;
agora o corrói pelo miolo
a aguardente que ele destila.

A barba cresce como as canas
criadas soltas sem seu dono.
O mofo cobre a casa-grande
e a entorpece como um sono.

O mato solto e gota a gota
devolve os tijolos à terra.
Sem estilo, agora é de morte
a atmosfera antiga e de sesta.

Com mais álcool o dono do engenho
a todos os seus sobrevive.
Vende as terras e vai-se barbado
a um cemitério do Recife.

4

Anos depois, quando o engenho
é anônima terra de Usina,
baixa o circo nesse povoado
que já não tem quem antes tinha.

O circo também definhou:
está mais murcho o cogumelo
e suas mágicas de feira
já não possuem o mesmo apelo.

Os animais estão mais magros
como burrama num mau pasto
e os artistas que estão mais gordos
não estão nem assim mais sábios.

Se o circo parasse alguns dias,
se cada dia não viajasse,
teria ervas-de-passarinho
nas frestas do sujo velame.

5

A moça que esgotara todas
formas de fuga que tecia,
de viajar, de não ser a espera,
nas sestas vãs da camarinha,

viajara, não sabe por onde,
sabe que raro mais de um dia
dormira num mesmo povoado:
mas era o viajar que a cozia.

No circo, de tudo fizera,
foi de equilibrista a cantora;
o tempo é que a ia obrigando
a preferir tal arte a tal outra,

e agora, gorda e proprietária,
não equilibra, se equilibra,
não no arame, no tamborete
precário da bilheteria

6

Nem se lembra que foi dali
que levantou voo certo dia.
Também se lembrasse ou revisse
nada do de então acharia.

Veria horizontes de cana,
como os que vira em toda parte,
cana que após gastar o homem
dá-lhe a paz de sentir passar-se,

especial imagem do tempo,
que tem a missão assassina
mas que depois dilui no homem
a sensação de que se fina.

Talvez disso viveu fugindo,
do antigo engenho e seu bocejo:
não se detém quem sente o tempo
vivendo em cima de dois eixos.

Parte III
Objetos

Uma faca só lâmina

Ou: Serventia das ideias fixas

Para Vinicius de Moraes

*Assim como uma bala
enterrada no corpo,
fazendo mais espesso
um dos lados do morto;*

*assim como uma bala
do chumbo mais pesado,
no músculo de um homem
pesando-o mais de um lado;*

*qual bala que tivesse
um vivo mecanismo,
bala que possuísse
um coração ativo*

*igual ao de um relógio
submerso em algum corpo,
ao de um relógio vivo
e também revoltoso,*

*relógio que tivesse
o gume de uma faca
e toda a impiedade
de lâmina azulada;*

assim como uma faca
que sem bolso ou bainha
se transformasse em parte
de vossa anatomia;

qual uma faca íntima
ou faca de uso interno,
habitando num corpo
como o próprio esqueleto

de um homem que o tivesse,
e sempre, doloroso,
de homem que se ferisse
contra seus próprios ossos.

A

Seja bala, relógio,
ou a lâmina colérica,
é contudo uma ausência
o que esse homem leva.

Mas o que não está
nele está como bala:
tem o ferro do chumbo,
mesma fibra compacta.

Isso que não está
nele é como um relógio
pulsando em sua gaiola,
sem fadiga, sem ócios.

Isso que não está
nele está como a ciosa
presença de uma faca,
de qualquer faca nova.

Por isso é que o melhor
dos símbolos usados
é a lâmina cruel
(melhor se de Pasmado):

porque nenhum indica
essa ausência tão ávida
como a imagem da faca
que só tivesse lâmina,

nenhum melhor indica
aquela ausência sôfrega
que a imagem de uma faca
reduzida à sua boca,

que a imagem de uma faca
entregue inteiramente
à fome pelas coisas
que nas facas se sente.

B

Das mais surpreendentes
é a vida de tal faca:
faca, ou qualquer metáfora,
pode ser cultivada.

E mais surpreendente
ainda é sua cultura:
medra não do que come
porém do que jejua.

Podes abandoná-la,
essa faca intestina:
jamais a encontrarás
com a boca vazia.

Do nada ela destila
a azia e o vinagre
e mais estratagemas
privativos dos sabres.

E como faca que é,
fervorosa e enérgica,
sem ajuda dispara
sua máquina perversa:

a lâmina despida
que cresce ao se gastar,
que quanto menos dorme
quanto menos sono há,

cujo muito cortar
lhe aumenta mais o corte
e vive a se parir
em outras, como fonte.

(Que a vida dessa faca
se mede pelo avesso:
seja relógio ou bala,
ou seja faca mesmo.)

C

Cuidado com o objeto,
com o objeto cuidado,
mesmo sendo uma bala
desse chumbo ferrado,

porque seus dentes já
a bala os traz rombudos
e com facilidade
se embotam mais no músculo.

Mais cuidado porém
quando for um relógio
com o seu coração
aceso e espasmódico.

É preciso cuidado
por que não se acompasse
o pulso do relógio
com o pulso do sangue,

e seu cobre tão nítido
não confunda a passada
com o sangue que bate
já sem morder mais nada.

Então se for a faca,
maior seja o cuidado:
a bainha do corpo
pode absorver o aço.

Também seu corte às vezes
tende a tornar-se rouco
e há casos em que ferros
degeneram em couro.

O importante é que a faca
o seu ardor não perca
e tampouco a corrompa
o cabo de madeira.

D

Pois essa faca às vezes
por si mesma se apaga.
É a isso que se chama
maré baixa da faca.

Talvez que não se apague
e somente adormeça.
Se a imagem é relógio,
a sua abelha cessa.

Mas quer durma ou se apague:
ao calar tal motor,
a alma inteira se torna
de um alcalino teor

bem semelhante à neutra
substância, quase feltro,
que é a das almas que não
têm facas-esqueleto.

E a espada dessa lâmina,
sua chama antes acesa,
e o relógio nervoso
e a tal bala indigesta,

tudo segue o processo
de lâmina que cega:
faz-se faca, relógio
ou bala de madeira,

bala de couro ou pano,
ou relógio de breu,
faz-se faca sem vértebras,
faca de argila ou mel.

(Porém quando a maré
já nem se espera mais,
eis que a faca ressurge
com todos seus cristais.)

E

Forçoso é conservar
a faca bem oculta,
pois na umidade pouco
seu relâmpago dura

(na umidade que criam
salivas de conversas,
tanto mais pegajosas
quanto mais confidências).

Forçoso é esse cuidado
mesmo se não é faca
a brasa que te habita
e sim, relógio ou bala.

Não suportam também
todas as atmosferas:
sua carne selvagem
quer câmaras severas.

Mas se deves sacá-los
para melhor sofrê-los,
que seja em algum páramo
ou agreste de ar aberto.

Mas nunca seja ao ar
que pássaros habitem.
Deve ser a um ar duro,
sem sombra e sem vertigem.

E nunca seja à noite,
que esta tem as mãos férteis.
Aos ácidos do sol
seja, ao sol do Nordeste,

à febre desse sol
que faz de arame as ervas,

que faz de esponja o vento
e faz de sede a terra.

F

Quer seja aquela bala
ou outra qualquer imagem,
seja mesmo um relógio
a ferida que guarde,

ou ainda uma faca
que só tivesse lâmina,
de todas as imagens
a mais voraz e gráfica,

ninguém do próprio corpo
poderá retirá-la,
não importa se é bala
nem se é relógio ou faca,

nem importa qual seja
a raça dessa lâmina:
faca mansa de mesa,
feroz pernambucana.

E se não a retira
quem sofre sua rapina,
menos pode arrancá-la
nenhuma mão vizinha.

Não pode contra ela
a inteira medicina

de facas numerais
e aritméticas pinças.

Nem ainda a polícia
com seus cirurgiões
e até nem mesmo o tempo
com os seus algodões.

E nem a mão de quem
sem o saber plantou
bala, relógio ou faca,
imagens de furor.

G

Essa bala que um homem
leva às vezes na carne
faz menos rarefeito
todo aquele que a guarde.

O que um relógio implica
por indócil e inseto
encerrado no corpo
faz este mais desperto.

E se é faca a metáfora
do que leva no músculo,
facas dentro de um homem
dão-lhe maior impulso.

O fio de uma faca
mordendo o corpo humano

de outro corpo ou punhal
tal corpo vai armando,

pois lhe mantendo vivas
todas as molas da alma
dá-lhes ímpeto de lâmina
e cio de arma branca,

além de ter o corpo
que a guarda crispado,
insolúvel no sono
e em tudo quanto é vago,

como naquela história
por alguém referida
de um homem que se fez
memória tão ativa

que pôde conservar
treze anos na palma
o peso de uma mão,
feminina, apertada.

H

Quando aquele que os sofre
trabalha com palavras,
são úteis o relógio,
a bala e, mais, a faca.

Os homens que em geral
lidam nessa oficina

têm no almoxarifado
só palavras extintas:

umas que se asfixiam
por debaixo do pó,
outras despercebidas
em meio a grandes nós;

palavras que perderam
no uso todo o metal
e a areia que detém
a atenção que lê mal.

Pois somente essa faca
dará a tal operário
olhos mais frescos para
o seu vocabulário

e somente essa faca
e o exemplo de seu dente
lhe ensinará a obter
de um material doente

o que em todas as facas
é a melhor qualidade:
a agudeza feroz,
certa eletricidade,

mais a violência limpa
que elas têm, tão exatas,
o gosto do deserto,
o estilo das facas.

I

Essa lâmina adversa,
como o relógio ou a bala,
se torna mais alerta
todo aquele que a guarda,

sabe acordar também
os objetos em torno
e até os próprios líquidos
podem adquirir ossos.

E tudo o que era vago,
toda frouxa matéria,
para quem sofre a faca
ganha nervos, arestas.

Em volta tudo ganha
a vida mais intensa,
com nitidez de agulha
e presença de vespa.

Em cada coisa o lado
que corta se revela,
e elas que pareciam
redondas como a cera

despem-se agora do
caloso da rotina,
pondo-se a funcionar
com todas suas quinas.

Pois entre tantas coisas
que também já não dormem,
o homem a quem a faca
corta e empresta seu corte,

sofrendo aquela lâmina
e seu jato tão frio,
passa, lúcido e insone,
vai fio contra fios.

*

*De volta dessa faca,
amiga ou inimiga,
que mais condensa o homem
quanto mais o mastiga;*

*de volta dessa faca
de porte tão secreto
que deve ser levada
como o oculto esqueleto;*

*da imagem em que mais
me detive, a da lâmina,
porque é de todas elas
certamente a mais ávida;*

*pois de volta da faca
se sobe à outra imagem,
àquela de um relógio
picando sob a carne,*

e dela àquela outra,
a primeira, a da bala,
que tem o dente grosso
porém forte a dentada

e daí à lembrança
que vestiu tais imagens
e é muito mais intensa
do que pôde a linguagem,

e afinal à presença
da realidade, prima,
que gerou a lembrança
e ainda a gera, ainda,

por fim à realidade,
prima, e tão violenta
que ao tentar apreendê-la
toda imagem rebenta.

Agulhas

Nas praias do Nordeste, tudo padece
com a ponta de finíssimas agulhas:
primeiro, com a das agulhas da luz
(ácidas para os olhos e a carne nua),
fundidas nesse metal azulado e duro
do céu dali, fundido em duralumínio,
e amoladas na pedra de um mar duro,
de brilho peixe também duro, de zinco.
Depois, com a ponta das agulhas do ar,
vaporizadas no alíseo do mar cítrico,
desinfetante, fumigando agulhas tais
que lavam a areia do lixo e do vivo.

2

Entretanto, nas praias do Nordeste,
nem tudo vem com agulhas e em lâmina:
assim, o vento alíseo que ali visita
não leva debaixo da capa arma branca.
O vento, que por outras leva punhais
feitos do metal do gelo, agulhíssimos,
no Nordeste sopra brisa: de algodão,
despontado; vento abaulado e macio;
e sequer em agosto, ao enflorestar-se
vento-Mata da Mirueira a brisa-arbusto,
o vento mete metais dentro do soco:
então bate forte, mas sempre rombudo.

Para a Feira do Livro

A Ángel Crespo

Folheada, a folha de um livro retoma
o lânguido vegetal da folha folha,
e um livro se folheia ou se desfolha
como sob o vento a árvore que o doa;
folheada, a folha de um livro repete
fricativas e labiais de ventos antigos,
e nada finge vento em folha de árvore
melhor do que vento em folha de livro.
Todavia a folha, na árvore do livro,
mais do que imita o vento, profere-o:
a palavra nela urge a voz, que é vento,
ou ventania varrendo o podre a zero.

*

Silencioso: quer fechado ou aberto,
inclusive o que grita dentro; anônimo:
só expõe o lombo, posto na estante,
que apaga em pardo todos os lombos;
modesto: só se abre se alguém o abre,
e tanto o oposto do quadro na parede,
aberto a vida toda, quanto da música,
viva apenas enquanto voam suas redes.
Mas, apesar disso e apesar de paciente
(deixa-se ler onde queiram), severo:
exige que lhe extraiam, o interroguem;
e jamais exala: fechado, mesmo aberto.

O futebol brasileiro
evocado da Europa

A bola não é a inimiga
como o touro, numa *corrida*;
e, embora seja um utensílio
caseiro e que se usa sem risco,
não é o utensílio impessoal,
sempre manso, de gesto usual:
é um utensílio semivivo,
de reações próprias como bicho,
e que, como bicho, é mister
(mais que bicho, como mulher)
usar com malícia e atenção,
dando aos pés astúcias de mão.

A escola das facas

O alísio ao chegar ao Nordeste
baixa em coqueirais, canaviais;
cursando as folhas laminadas,
se afia em peixeiras, punhais.

Por isso, sobrevoada a Mata,
suas mãos, antes fêmeas, redondas,
ganham a fome e o dente da faca
com que sobrevoa outras zonas.

O coqueiro e a cana lhe ensinam,
sem pedra-mó, mas faca a faca,
como voar o Agreste e o Sertão:
mão cortante e desembainhada.

Questão de pontuação

Todo mundo aceita que ao homem
cabe pontuar a própria vida:
que viva em ponto de exclamação
(dizem: tem alma dionisíaca);

viva em ponto de interrogação
(foi filosofia, ora é poesia);
viva equilibrando-se entre vírgulas
e sem pontuação (na política);

o homem só não aceita do homem
que use a só pontuação fatal:
que use, na frase que ele vive
o inevitável ponto-final.

Parte IV
O poeta

O poema

A tinta e a lápis
escrevem-se todos
os versos do mundo.

Que monstros existem
nadando no poço
negro e fecundo?

Que outros deslizam
largando o carvão
de seus ossos?

Como o ser vivo
que é um verso,
um organismo

com sangue e sopro,
pode brotar
de germes mortos?

*

O papel nem sempre
é branco como
a primeira manhã.

É muitas vezes
o pardo e pobre
papel de embrulho;

é de outras vezes
de carta aérea,
leve de nuvem.

Mas é no papel,
no branco asséptico,
que o verso rebenta.

Como um ser vivo
pode brotar
de um chão mineral?

Psicologia da composição

A Antônio Rangel Bandeira

I

Saio de meu poema
como quem lava as mãos.
Algumas conchas tornaram-se,
que o sol da atenção
cristalizou; alguma palavra
que desabrochei, como a um pássaro.

Talvez alguma concha
dessas (ou pássaro) lembre,
côncava, o corpo do gesto
extinto que o ar já preencheu;

talvez, como a camisa
vazia, que despi.

II

A Lêdo Ivo

Esta folha branca
me proscreve o sonho,
me incita ao verso
nítido e preciso.

Eu me refugio
nesta praia pura

onde nada existe
em que a noite pouse.

Como não há noite
cessa toda fonte;
como não há fonte
cessa toda fuga;

como não há fuga
nada lembra o fluir
de meu tempo, ao vento
que nele sopra o tempo.

III

Neste papel
pode teu sal
virar cinza;

pode o limão
virar pedra;
o sol da pele,
o trigo do corpo
virar cinza.

(Teme, por isso,
a jovem manhã
sobre as flores
da véspera.)

Neste papel

logo fenecem
as roxas, mornas
flores morais;
todas as fluidas
flores da pressa;
todas as úmidas
flores do sonho.

(Espera, por isso,
que a jovem manhã
te venha revelar
as flores da véspera.)

IV

O poema, com seus cavalos,
quer explodir
teu tempo claro; romper
seu branco fio, seu cimento
mudo e fresco.

(O descuido ficara aberto
de par em par;
um sonho passou, deixando
fiapos, logo árvores instantâneas
coagulando a preguiça.)

V

Vivo com certas palavras,
abelhas domésticas.

Do dia aberto
(branco guarda-sol)
esses lúcidos fusos retiram
o fio de mel
(do dia que abriu
também como flor)

que na noite
(poço onde vai tombar
a aérea flor)
persistirá: louro
sabor, e ácido,
contra o açúcar do podre.

VI

Não a forma encontrada
como uma concha, perdida
nos frouxos areais
como cabelos;

não a forma obtida
em lance santo ou raro,
tiro nas lebres de vidro
do invisível;

mas a forma atingida
como a ponta do novelo
que a atenção, lenta,
desenrola,

aranha; como o mais extremo

desse fio frágil, que se rompe
ao peso, sempre, das mãos
enormes.

VII

É mineral o papel
onde escrever
o verso; o verso
que é possível não fazer.

São minerais
as flores e as plantas,
as frutas, os bichos
quando em estado de palavra.

É mineral
a linha do horizonte,
nossos nomes, essas coisas
feitas de palavras.

É mineral, por fim,
qualquer livro:
que é mineral a palavra
escrita, a fria natureza

da palavra escrita.

VIII

Cultivar o deserto
como um pomar às avessas.

(A árvore destila
a terra, gota a gota;
a terra completa,
cai, fruto!

Enquanto na ordem
de outro pomar
a atenção destila
palavras maduras.)

Cultivar o deserto
como um pomar às avessas:

então, nada mais
destila; evapora;
onde foi maçã
resta uma fome;

onde foi palavra
(potros ou touros
contidos) resta a severa
forma do vazio.

Antiode

(*contra a poesia dita profunda*)

A
Poesia, te escrevia:
flor! conhecendo
que és fezes. Fezes
como qualquer,

gerando cogumelos
(raros, frágeis cogu-
melos) no úmido
calor de nossa boca.

Delicado, escrevia:
flor! (Cogumelos
serão flor? Espécie
estranha, espécie

extinta de flor, flor
não de todo flor,
mas flor, bolha
aberta no maduro.)

Delicado, evitava
o estrume do poema,
seu caule, seu ovário,
suas intestinações.

Esperava as puras,
transparentes florações,
nascidas do ar, no ar,
como as brisas.

B

Depois, eu descobriria
que era lícito
te chamar: flor!
(Pelas vossas iguais

circunstâncias? Vossas
gentis substâncias? Vossas
doces carnações? Pelos
virtuosos vergéis

de vossas evocações?
Pelo pudor do verso
— pudor de flor —
por seu tão delicado

pudor de flor,
que só se abre
quando a esquece o
sono do jardineiro?)

Depois eu descobriria
que era lícito
te chamar: flor!
(flor, imagem de

duas pontas, como
uma corda). Depois
eu descobriria
as duas pontas

da flor; as duas
bocas da imagem
da flor: a boca
que come o defunto

e a boca que orna
o defunto com outro
defunto, com flores
— cristais de vômito.

C

Como não invocar o
vício da poesia: o
corpo que entorpece
ao ar de versos?

(Ao ar de águas
mortas, injetando
na carne do dia
a infecção da noite.)

Fome de vida? Fome
de morte, frequentação
da morte, como de
algum cinema.

O dia? Árido.
Venha, então, a noite,
o sono. Venha,
por isso, a flor.

Venha, mais fácil e
portátil na memória,
o poema, flor no
colete da lembrança.

Como não invocar,
sobretudo, o exercício
do poema, sua prática,
sua lânguida horti-

cultura? Pois estações
há, do poema, como
da flor, ou como
no amor dos cães;

e mil mornos
enxertos, mil maneiras
de excitar negros
êxtases: e a morna

espera de que se
apodreça em poema,
prévia exalação
da alma defunta.

D

Poesia, não será esse
o sentido em que
ainda te escrevo:
flor! (Te escrevo:

flor! Não *uma*
flor, nem aquela
flor-virtude — em
disfarçados urinóis.)

Flor é a palavra
flor, verso inscrito
no verso, como as
manhãs no tempo.

Flor é o salto
da ave para o voo;
o salto fora do sono
quando seu tecido

se rompe; é uma explosão
posta a funcionar,
como uma máquina,
uma jarra de flores.

E

Poesia, te escrevo
agora: fezes, as
fezes vivas que és.
Sei que outras

palavras és, palavras
impossíveis de poema.
Te escrevo, por isso,
fezes, palavra leve,

contando com sua
breve. Te escrevo
cuspe, cuspe, não
mais; tão cuspe

como a terceira
(como usá-la num
poema?) a terceira
das virtudes teologais.

O artista inconfessável

Fazer o que seja é inútil.
Não fazer nada é inútil.
Mas entre fazer e não fazer
mais vale o inútil do fazer.
Mas não fazer para esquecer
que é inútil: nunca o esquecer.
Mas fazer o inútil sabendo
que ele é inútil, e bem sabendo
que é inútil e que seu sentido
não será sequer pressentido,
fazer: porque ele é mais difícil
do que não fazer, e dificil-
mente se poderá dizer
com mais desdém, ou então dizer
mais direto ao leitor Ninguém,
que o feito o foi para ninguém.

Descoberta da literatura

No dia a dia do engenho,
toda a semana, durante,
cochichavam-me em segredo:
saiu um novo romance.
E da feira do domingo
me traziam conspirantes
para que o lesse e explicasse
um romance de barbante.
Sentados na roda morta
de um carro de boi, sem jante,
ouviam o folheto guenzo,
a seu leitor semelhante,
com as peripécias de espanto
preditas pelos feirantes.
Embora as coisas contadas
e todo o mirabolante
em nada ou pouco variassem
nos crimes, no amor, nos lances,
e soassem como sabidas
de outros folhetos migrantes,
a tensão era tão densa,
subia tão alarmante,
que o leitor que lia aquilo
como puro alto-falante,
e, sem querer, imantara
todos ali, circunstantes,
receava que confundissem
o de perto com o distante,

o ali com o espaço mágico,
seu franzino com o gigante,
e que o acabassem tomando
pelo autor imaginante
ou tivesse que afrontar
as brabezas do brigante.
(E acabariam, não fossem
contar tudo à casa-grande:
na moita morta do engenho,
um filho-engenho, perante
cassacos do eito e de tudo,
se estava dando ao desplante
de ler letra analfabeta
de curumba, no caçanje
próprio dos cegos de feira,
muitas vezes meliantes.)

Índice de poemas

(em ordem alfabética)

"A educação pela pedra", *A educação pela pedra*, p. 154.
"A escola das facas", *A escola das facas*, p. 245.
"A lição de pintura", *Museu de tudo*, p. 36.
"A mesa", *O engenheiro*, p. 26.
"A viagem", *O engenheiro*, p. 24.
"Agulhas", *A educação pela pedra*, p. 242.
"Antiode", *Psicologia da composição*, p. 257.
"As nuvens", *O engenheiro*, p. 23.
"Auto do frade", *Auto do frade*, p. 157.
"Comendadores jantando", *A educação pela pedra*, p. 156.
"Congresso no Polígono das Secas", *Dois parlamentos*, p. 143.
"Descoberta da literatura", *A escola das facas*, p. 264.
"Dois estudos", *Pedra do sono*, p. 21.
"Imitação da água", *Quaderna*, p. 31.
"Infância", *Pedra do sono*, p. 20.
"Janelas", *Pedra do sono*, p. 22.
"Morte e vida severina", *Morte e vida severina*, p. 92.
"O artista inconfessável", *Museu de tudo*, p. 263.
"O cão sem plumas", *O cão sem plumas*, p. 41.
"O circo", *Crime na calle Relator*, p. 219.
"O engenheiro", *O engenheiro*, p. 25.
"O futebol brasileiro evocado da Europa", *Museu de tudo*, p. 244.
"O luto no Sertão", *Agrestes*, p. 218.
"O ovo de galinha", *Serial*, p. 33.

"O poema", *O engenheiro*, p. 249.
"O rio", *O rio*, p. 57.
"O sertanejo falando", *A educação pela pedra*, p. 153.
"O vento no canavial", *Paisagem com figuras*, p. 27.
"Os olhos", *Pedra do sono*, p. 19.
"Paisagem pelo telefone", *Quaderna*, p. 29.
"Para a Feira do Livro", *A educação pela pedra*, p. 243.
"Poema(s) da cabra", *Quaderna*, p. 135.
"Psicologia da composição", *Psicologia da composição*, p. 251.
"Questão de pontuação", *Agrestes*, p. 246.
"Tecendo a manhã", *A educação pela pedra*, p. 155.
"Uma evocação do Recife", *Agrestes*, p. 37.
"Uma faca só lâmina", *Uma faca só lâmina*, p. 227.

ESTA OBRA FOI COMPOSTA POR TECO DE SOUZA EM ESPINOSA NOVA
E IMPRESSA EM OFSETE PELA GRÁFICA BARTIRA SOBRE PAPEL PÓLEN SOFT
DA SUZANO S.A. PARA A EDITORA SCHWARCZ EM SETEMBRO DE 2022

A marca FSC® é a garantia de que a madeira utilizada na fabricação do papel deste livro provém de florestas que foram gerenciadas de maneira ambientalmente correta, socialmente justa e economicamente viável, além de outras fontes de origem controlada.